Markus Orths
Niemand schwebt allein

Erzählungen

Schöffling & Co.

Erste Auflage 2024
© Schöffling & Co. Verlagsbuchhandlung GmbH,
Kaiserstraße 79, D-60329,
Frankfurt am Main 2024
Alle Rechte vorbehalten
Covermotiv: © Niphisi / www.niphisi.com
Umschlaggestaltung: Schöffling & Co.
Satz: Fotosatz Amann, Memmingen
Druck & Bindung: Pustet, Regensburg
ISBN 978-3-89561-109-4

www.schoeffling.de
www.markusorths.de

Im Stühlinger

Ich wusste sofort, dass etwas nicht stimmte, als der Mann, der sich später als Gerber namens Bartok ausgab, zu mir ins Abteil trat, er war unglaublich dick, schwitzte, kümmerte sich nicht die Spur um mich, sondern setzte sich in die Mitte der Dreierreihe mir schräg gegenüber, jedoch erst, nachdem er die Armstützen hochgeklappt hatte, da ein einziger Sitz für ihn nicht breit genug gewesen wäre. Die Fahrt führte mich vom Süden hinauf, ich hatte gerade, kurz vor Bartoks Erscheinen, aus dem Fenster geblickt, der Rhein floss dicht neben der Bahnlinie, wir mussten kurz vor Koblenz sein, der Wasserstand war hoch, und die Wolken hingen so tief herab, dass alles Licht grau gefärbt war. Zwei Stunden saß ich nun schon allein im Abteil. Ich hatte mir seit einiger Zeit angewöhnt, nur noch am Ende des Zuges einzusteigen, in den Waggon mit den alten Sechserabteilen, denn nur dort kann man noch das Fenster öffnen, den Kopf hinausstrecken, Luft schlucken und, wenn man müde ist, die Sitze nach vorn schieben, zueinander hin, um aus ihnen ein einziges großes Bett zu machen, auf das man sich legen und schlafen kann.

Diese Möglichkeit war mir nun genommen. Ich wunderte mich, warum Bartok zu mir ins Abteil kam, denn ich hatte nicht erkennen können, dass außergewöhnlich viele Menschen unterwegs waren, es musste in dem

Waggon noch weitere Abteile geben, die leer standen. Bei seinem Eintreten schaute ich auf, nickte kurz, doch da Bartok nur Augen für den Dreiersitz hatte, auf den er sich niederließ, bemerkte er mein Nicken nicht, und ich presste ein Hallo hervor, aber wie jedes Wort, das man nach einer langen Zeit des Schweigens spricht, war dieses Hallo ohne Klang, und ich wiederholte es. Er sagte nichts.

Ich schätzte ihn auf Ende vierzig, und nachdem seine Masse sich im engen Raum ausgebreitet und ich mich darauf eingestellt hatte, die Luft und den geringen Platz mit ihm zu teilen, fielen mir zunächst seine Hände auf. Sie sind das Einzige an ihm, dachte ich, das dünn ist, sie passen nicht zu ihm, wie kommt so ein Koloss zu solchen Händen? Sie waren lang und fast fein, ihnen fehlte das Fleisch, das den restlichen Körper so reichlich umgab. Seine Hände ruhten auf den Beinen, Bartok selbst hielt den Kopf leicht vornübergeneigt und atmete. Das war das Einzige, was er tat: atmen. Langsam und gleichmäßig und ohne dass man es hätte hören können, denn der Zug verschluckte alle leiseren Geräusche. Bartok trug eine Baseballkappe, deren Schirm den oberen Teil seines Gesichtes verbarg, sodass die Augen im Schatten lagen und für mich nicht erkennbar war, ob er unter dem Schirm zu mir hinüberblickte oder auf den Linoleumboden oder auf seine Hände oder ob er die Augen einfach geschlossen hielt.

Während wir uns still gegenübersaßen, begann ich mich unwohl zu fühlen, bedroht von seinem massigen Körper, der etwas ausströmte, eine Art Geruch, jedoch kein Schweiß, etwas, das mich mehr und mehr umgab und die wenige Luft um mich her in Beschlag nahm. Ich hätte aufstehen, meinen Rucksack schultern und das Abteil verlassen können. Da der Zug gerade in Koblenz einfuhr, hätte ich so tun können, als müsste ich aussteigen, doch blieb ich sitzen. Vielleicht schreckte ich vor der Vorstellung zurück, mich beim Verlassen des Abteils an dem breiten, den halben Raum versperrenden Körper vorbeischieben zu müssen, ihm dabei ganz nahe zu sein, ihm, wer weiß, in die Augen zu blicken, wenn er, gestört in seinem ewig gleichen Atemholen, zu mir aufsehen würde. Vielleicht aber war es auch, ganz im Gegenteil, eine Art Neugier auf diesen Menschen, der anders war als die Menschen, die ich kannte. Jedenfalls blieb ich sitzen, still, an meinem Platz, und der Zug setzte sich wieder in Bewegung. Was soll schon passieren, dachte ich mir. Ich brauche nur zu rufen, und in kürzester Zeit würde mir jemand zu Hilfe eilen. Und außerdem – ich blickte mich im Abteil um – gab es hier jede Menge Waffen. Ich könnte den verblichenen Vorhang vom Fenster reißen und dem Angreifer ins Gesicht schleudern. Ich könnte nach der Bahnzeitschrift greifen, die an einer Plastikschlaufe neben meinem Kopf hing, sie zusammenrollen und als Schlagstock verwenden. Ich könnte den kleinen Handaschenbecher aus seiner Schiene an der Armstütze zerren und den harten, spitzen Gegenstand beim Kampf in der hohlen Hand halten. Aber ich schaute zum Fenster hinaus und versenkte meine Gedanken im Rhein, der durch die Wassermassen, die er mit sich führte, doppelt so schnell zu fließen schien wie sonst, und die langen, flachbrüstigen Schleppkähne kamen kaum von der Stelle.

Fahren Sie nach Köln?

Ich zuckte zusammen, fuhr herum, sah ihn an. Er saß da, hatte seine Kappe abgenommen, drehte sie in den Händen, doch war dies kein Zeichen von Verlegenheit: Sein Blick war klar. Ohne die Lider zu senken, sah er mich an. Ich verneinte, sagte ihm, dass ich noch weiterfahren würde. Wohin, fragte er, und ich sagte, nach Braunschweig. Was ich in Braunschweig wolle, fragte er, und er fragte in einer schroffen Weise, fast unverschämt, offen heraus, nicht höflich, nicht, als wolle er mit einem Unbekannten ein unverbindliches Gespräch beginnen, nein, eher, als wolle er zu Informationen gelangen, mich aushorchen, als könne ich ihm etwas sagen, das wichtig für ihn wäre. Ich sei unterwegs zu meinen Eltern, sagte ich und ärgerte mich darüber, es gesagt zu haben. Er hatte mich überrumpelt. Schon fragte er weiter, und ich antwortete. Er fragte, wo ich herkäme, ich sagte, aus Freiburg, er fragte, was ich dort machte, ich sagte, studieren, er fragte, welches Fach, ich sagte, Philologie. Das alles innerhalb kürzester Zeit, und ich schwitzte. Seine Art zu fragen ließ mich nicht eine Sekunde lang zögern, ihm auf die Fragen zu antworten, die er mir stellte, ich dachte nur, sag ihm, was er wissen will, sag es ihm schnell, und dann sei still und schau zum Fenster hinaus. Doch er hörte nicht auf. Er sagte, auch er habe früher in Freiburg gelebt, gewohnt, studiert, wo genau ich denn meine Bude hätte. Ich sagte, im Stühlinger. Ach, sagte er, das sei ja ein Zufall, auch er habe dort gewohnt, und er wollte wissen, in welcher Straße ich lebte, und dies war der Punkt, an dem ich merkte, dass es Zeit war, sich zu wehren, aus dem Gespräch auszusteigen, den Mann höflich, aber klar zum Schweigen aufzufordern, ihm in einfachen, knappen Worten vor Augen zu führen, dass ich an einem weiteren Wortwechsel nicht interessiert sei und es vorzöge, meine Zeit still und allein oder mit einem Buch auf dem Schoß zu verbringen, doch in ebenjenem Moment, da ich ansetzen wollte, mich zu wehren und ihn aufzufordern, seine Fragen einzustellen, traf mich sein Blick, nein, kein Blick, eher eine Art unsichtbare Geste des ganzen Körpers, eine bewegungslose Geste, etwas, das von innen zu kommen schien, ein Aufstöhnen, ein warnendes Aufstöhnen, aber lautlos, nicht zu sehen, nicht zu hören, doch ich spürte deutlich, wie es aus ihm kam, wie es zu mir herüberwehte, wie auf diese Weise der Wille, mich zu wehren, von mir abfiel, und ich sagte leise, geduckt, geschlagen: Ferdinand-Weiß-Straße. Nein, sagte er, das sei kein Zufall mehr, das könne man kaum glauben, dass er, kurz hinter Koblenz, mit einem jungen Mann spreche, der behaupte, in derselben Stadt, im selben Viertel, ja gar in derselben Straße zu wohnen, wo er selbst vor Jahren gewohnt habe, und jetzt solle ich nur noch sagen, ich lebte im Haus Nummer 24. Ich verneinte. Und welche Nummer dann? fragte er. Ich sagte 5, und bereute, es gesagt zu haben, 5, ihm, einem wildfremden Menschen, der seinen Körper zu mir ins Abteil geschoben und begonnen hatte mich auszufragen, doch es war zu spät, ich hatte es ihm gesagt, und was mich am meisten ärgerte, war, dass ich ihm die Wahrheit gesagt hatte, es wäre ja ein Leichtes gewesen, zu sagen 4 oder 6 oder 39, er hätte es nicht nachprüfen können, aber nein, ich sagte 5, ich gab ihm exakt die Nummer des Hauses, in dem ich wohnte, und es beunruhigte mich, kaum dass ich es ausgesprochen hatte. Seit wann ich denn in Freiburg lebte, fragte er, seit vier Jahren, sagte ich. Wie lange ich in Braunschweig bliebe – zwei Wochen. Ob es mir bei meinen Eltern nicht zu langweilig werde – nein, es lebten noch einige alte Freunde aus der Schulzeit dort. Er fragte mich weiter aus, wollte wissen, wie mein Verhältnis zu meinen Eltern sei, ob wir eher am Rand der Stadt oder zentral wohnten und was ich am Abend zu tun gedächte und in welche Kneipe man in Braunschweig nach zwei Uhr noch gehen könne. Ich beantwortete all seine Fragen kurz, klar, genau. Vom Augenblick jener unbeschreibbaren Geste an hatte er mir die Luft zur Verteidigung genommen. Ich atmete kaum noch. Alles, was ich wollte, war, das Abteil, nein, den Zug verlassen. Er fragte einige Minuten so weiter, und während ich meine Antworten gab, brav fast, hoffte ich, ja, betete ich inständig, dass der Zug bald in Bonn einfahren würde, denn ich könnte ja sagen, dass ich in Bonn umsteigen müsse, in einen ICE zum Beispiel, und dass es von Bonn aus eine direkte Verbindung nach Braunschweig gebe, ich könnte dann meinen Rucksack vom Gepäckständer nehmen und mich an ihm vorbeischieben, in der Hoffnung, dass er den Fahrplan nicht kannte. Aber was, dachte ich, wenn er über sich griffe, wenn er von der goldbegitterten untersten Gepäckstütze das Fahrplanfaltblatt nähme, es sich vor die Nase hielte, mich daraufhin ansähe, böse ansähe, um mir zwischen den Zähnen hindurch zu sagen: Warum lügst du?

Und dann hörten die Fragen auf. Plötzlich, ohne dass ich hätte sagen können, wie und warum und wann und was die letzte Frage gewesen war. Er fragte einfach nicht mehr, und mir war, als hätte ich eine Flutwelle überstanden, nass zwar, erschöpft, aber noch am Leben, noch atmend, ich schloss kurz die Augen und lehnte den Kopf an die Kopfstütze, die nach Rauch stank. Ich wollte hinausgehen, allein sein, doch ich hatte das Gefühl, dass etwas passieren könnte, wenn ich jetzt aufstehen und an ihm vorbeigehen würde. Ich dachte nicht an Gewalt, nicht daran, dass er mich packen und aus dem Fenster werfen oder seine feinen, schlanken Finger mir um den Hals legen könnte, nein, das nicht, ich hatte ein anderes Bild vor Augen, ich dachte, er könnte meinen Arm fassen, mich zu sich herabziehen und mir etwas ins Ohr flüstern, etwas, das ich mein Lebtag nicht vergessen würde. Und so blieb ich sitzen und rührte mich nicht.

Zugleich aber begann ich zu spüren, dass *er* jetzt etwas von mir wollte. Ich wusste sofort, was es war, das er wollte, und wehrte mich dagegen, versuchte, mich seiner Macht zu entziehen, heftete meinen Blick nach draußen, wo es zu dunkeln begann und ein Regen eingesetzt hatte, der die Scheiben mit Tropfen beschoss. Einiges an Wasser spritzte auch durch die undichten Ritzen des Fensters hindurch, mir ins Gesicht. Ich war froh über die Kühlung, erhoffte mir frische Gedanken für den Kampf mit Bartok. Der schwieg. Der wollte, dass ich zu reden anfing. Der wollte mich dazu zwingen. Wir rangen stumm. Ich, indem ich aus dem Fenster starrte, er, indem er mich aus den Augenwinkeln heraus beobachtete. Der Druck nahm zu, mein Atem wurde schwerer und lauter und begann, die Geräusche des

Zuges zu übertönen, und schließlich gab ich auf. Ich drehte mich zu ihm um. Sah ihm ins Gesicht. Jetzt, da er wusste, dass er gewonnen hatte, wirkte sein Gesicht beinah weich, ich konnte sogar Lachfalten erkennen, als er mir zunickte, wie um mir den letzten Anstoß zu geben, das zu tun, was er von mir wollte, und ich tat es. Ich fragte ihn nach seinem Namen und ob er nach Köln fahre und was er in Freiburg studiert habe und ob seine Eltern noch lebten und welchen Beruf er ausübe. Es schien etwas von ihm abzufallen, als ich ihn fragte. Er lehnte sich zurück, seine Gegenwart schwoll ab, es war, als lasse er etwas Luft aus seinem Körper, er setzte sich die Kappe wieder auf, mit dem Schirm nach hinten, sodass seine Augen frei blieben, unbedeckt, und er lachte, erstmals, und als er lachte, lachte ich mit ihm, und dann sagte er, es freue ihn, dass ich mich so sehr für ihn und sein Leben interessierte, und er sei gerne bereit, mich über alles, was ich wissen wolle, aufzuklären, er rieb sich die Hände dabei, und dies war ein Zeichen der Wärme, die plötzlich von ihm ausging, ich rutschte sogar etwas in seine Nähe, da mir die ins Abteil spritzenden Regentropfen unangenehm zu werden begannen, berührte dabei unabsichtlich sein Knie und sah mir seine Augen an. Diese Augen, sagte ich mir, sind friedfertige, kleine, runde, blinzelnde Augen, wie sollen solche Augen zu einem Mann gehören, der mir Böses will? Und ich hörte ihm zu, wie er von sich und seinem Leben sprach. Gewiss, er habe studiert, sagte er, aber sein Studium vorzeitig abgebrochen und eine Lehre als Gerber begonnen. Ein Beruf, der fast ausgestorben sei, heutzutage. Und er begann, frisch draufloszureden, von der Konservierung der Häute, vom Trocknen und Frosten, vom Einweichen und Waschen, er beschrieb alle Instrumente, die er für sein Handwerk benötigte, er sprach vom beidhändig geführten Scherdegen und vom Spannen der Haut über den Gerberbaum, und davon, wie schwierig es sei, die Haut zu entfleischen, ohne Löcher in sie zu schneiden. Er sprach vom Kalkäschern und von der Chromgerbung, aber immer nur kurz, in knappen, abgehackten Phrasen. Am hingebungsvollsten redete er von der Hirngerbung, bei der man das Hirn des Geschlachteten kochen und den entstehenden Brei, der aussehe wie geklumptes Eiweiß, auf das Fell verschmieren müsse, damit das Fell an Flauschigkeit gewinnt und sein Fett verliert, denn das Hirn sei ein Füll- und Lösestoff zugleich.

Fast abrupt brach er dann seine Erklärungen zum Gerben ab und begann, vom Häuten zu reden, er sprach vom Aufhängen des Geschlachteten, vom Herunterhängenlassen des getöteten Körpers, der an den Füßen festgemacht sei. Er sprach vom Rundschnitt an den Knöcheln, vom Längsschnitt und von der Vorsicht, die man an den Tag zu legen habe beim Freilegen des Beckenbereichs, weil, wie er sagte, sich der Darminhalt, wenn man nicht aufpasse, leicht über den toten Körper und die eigenen Hände entleeren könne. Und dann sagte er, dass man nach diesen Schnitten fast ohne weitere Schwierigkeiten und Widerstände die Haut abziehen könne, über den *Oberkörper* hinweg. Und erst als er dieses Wort aussprach, begriff ich, dass sein Gerede nichts war als ein böses Spiel. Ich sah hinter die Maske, die er seit einigen Minuten aufgezogen hatte, sah, wie in seinen Lachfalten das bös blitzende Vergnügen saß, mich im Unklaren zu lassen über das, wovon er eigentlich sprach, sah sein ins Unermessliche sich steigernde Ergötzen an der Zweideutigkeit seiner Worte, sah, wie sein fleischiger Körper wieder – mit jedem scheinbar so harmlosen Wort – mehr und mehr das Abteil in Beschlag nahm, ich merkte, wie mich seine Masse wieder tiefer in die Ecke ans Fenster drückte, und seine Zähne, ja, ich sah es, hingen wie einzelne Zacken zwischen den scharfen Lippen, erst jetzt fielen sie mir auf, Stumpen, aber spitz. Als er nun weiter beschrieb, wie einfach das Lösen der Haut vor sich ging, sah ich mich plötzlich selber kopfüber an der Stange hängen und fühlte sie förmlich, seine Hand, ich fühlte, wie sie die Haut vom Fleisch zu lösen begann, von meinem Fleisch, ich fühlte, wie seine Hand, seine feine, flache Hand, mir langsam unter die Haut fuhr, die Haut vorsichtig abzuziehen begann, über die wenigen noch verbleibenden Spannstellen hinweg, und wie seine Messerspitze die Reste von angewachsener Haut durchtrennte. Und mehr noch, ich sah mich plötzlich an meinem Fenster in Freiburg stehen, im Stühlinger, und aus diesem Fenster blickte ich hinab auf die Straße, und ich sah, wie Bartok unten stand, an der Ecke gegenüber, beobachtend, die Tür im Blick, Hausnummer 5, und er wartete darauf, dass ich mein Zimmer verließ, er wartete, ohne zu verbergen, dass er wartete, in ruhiger, fetter Gewissheit, dass ich irgendwann aus der Haustür würde treten müssen. Und das war der Moment, da die Luft im Abteil nicht mehr reichte für mich, der Moment, in dem Bartok, der Gerber, sie aufgeatmet hatte, und um nicht zu ersticken, stand ich auf. Dies geschah, als der Zug den Bahnhof von Bonn erreichte, Bartok hielt inne im Fluss des Erzählens, ich beugte mich zu ihm hinüber und ging in die Offensive, griff über seinen Baseballkopf hinweg, trat die Flucht nach vorn an, wusste nicht, woher ich die plötzliche Kraft nahm, es zu tun, aber ich griff über seinen Kopf hinweg zum Fahrplanfaltblatt, das auf dem goldbegitterten untersten Gepäckgerüst lag, warf einen kurzen Blick hinein, sagte ihm, ich müsse umsteigen, Bonn, mein ICE, direkt nach Braunschweig, er aber tat nichts, als ich meinen Rucksack herunternahm, tat nichts, als ich im Moment des Vorbeischiebens kurz zwischen ihm und den Sitzen stand, tat nichts, als ich ihm den Rücken zukehrte und die Tür aufzerrte, tat nichts, als ich hinaustrat auf den Gang und von dort noch einmal kurz zurückblickte und sah, wie er sich ans Fenster setzte. Ich eilte den Gang entlang und schaffte es gerade noch rechtzeitig, hinauszuspringen, ehe die Türen zuschlugen und der Zug sich wieder in Bewegung setzte. Als ich aber dort stand, auf dem Bahnsteig, ein wenig erleichtert, und als dann der Zug sich an mir vorbeischob, sah ich, ich gestehe, aus Neugier, ein letztes Mal hinein, in das Abteil, in dem ich gesessen hatte, und mit mir Bartok. Und als ich hineinsah, sah er hinaus, es trafen sich unsere Blicke, er verzog keine Miene, doch dann hob er plötzlich die Hand, seine rechte Hand, mit den langen, spitz zulaufenden Fingern, hob die Hand ans Fenster und presste sie vor die Scheibe, presste sie neben das aufgeschwemmte Gesicht unter der Baseballkappe, und ich dachte, er winkt, er will mir winken, er will mir ein Zeichen geben, ein versöhnliches Zeichen, und ich winkte zurück, seine Hand aber blieb reglos, wie ans Fenster geklebt, er ließ sie nicht hin- und herpendeln, er hielt sie ganz ruhig, sodass ich, wäre ich näher gestanden, die geplättete Haut seiner Handfläche hätte sehen können, nein, das war kein Winken, kein Abschiedsgruß, das war ein Zeichen, eine Zahl, eine Nummer.

Der Gräber

Ihr letztes Ausatmen entlädt sich mit trockenem Pfeifen und riecht nach altem Fahrradschlauch. Ihr Blick läuft leer: geradeaus zur Decke und hindurch. Ich nehme ihr die Augen vom Gesicht.

Ich stehe auf, verlasse das Wohnzimmer und trete hinaus in den Garten. Der Schuppen ist mit Dreck und Staub bezogen. Mein alter Spaten hat Rost angesetzt. Ich hocke mich auf den Schemel, nehme, mit zittrigen Fingern, die Gartenschuhe und schüttle sie aus. Die Schuhe sind hart und trocken, das Leder ist klobig geworden mit der Zeit. Ich stülpe die Schuhe über die Socken.

Die Stelle, an der ich grabe, ist dunkler als die übrige Fläche des Ackerbodens. Ich stoße meinen Spaten hinein, hart ist der Dreck, klumpig, halb gefroren. Es fällt mir schwer, den Spaten herauszuziehen und die Erde zur Seite zu kippen. Ich stehe still und stütze mich auf den Spaten, frostiger Atem vor mir.

Nur *eine* Schicht, denke ich, das muss genügen, mehr ist nicht drin: mein Rücken, meine Zitterhände, meine abgeschlafften Muskeln. Nach einer halben Stunde ist das flache Loch lang genug. Ich steche den Spaten in die aufgehäufte Erde neben mir. Meine Brust fiept wie ein Blasebalg. Ich lege mich ins Loch. Zunächst sind die Augen geschlossen. Der Rücken schwimmt in Kälte.

Das erste Mal habe ich gegraben, als ich achtzehn war und kurz vor dem Abitur stand. Um genau zu sein: Es war der Tag vor der mündlichen Prüfung. Ich spreche vom Graben eines Loches und nicht vom Umpflügen des Gartens im Herbst, zu dem ich schon viel früher (wohl mit dreizehn) herangezogen worden bin, weil der Garten sehr groß war. Über dieses Umgraben im Herbst will ich nur so viel sagen, dass ich es gern getan habe, dass ich, wenn ich aus der Schule kam, sofort nach dem Essen meine alten Arbeitsklamotten überwarf und Stunde um Stunde grub, immer wieder mit der Schubkarre vom Misthaufen frischen Dung herbeiholte, den ich untermischte, bis am Abend eine ganze Parzelle des Gartens statt hart, verkrustet und mit Unkraut bewachsen, nunmehr offen, frisch und atmend dalag, als hätte ich die Erde aus einer langen, bitteren Kerkerhaft befreit. Wenn dann mein Vater nach Hause kam, schritt er die umgegrabene Fläche ab, mit prüfendem Blick, bückte sich manchmal, um einen Stein oder ein Fitzelchen Unkraut aus dem Dreck zu ziehen und auf den Gartenweg zu werfen, sagte, na ja, hier ist noch ein kleines Loch, aber alles in allem zeigte er sich zufrieden und nickte anerkennend.

Als ich also in der Nacht vor der mündlichen Prüfung im Bett lag und nicht schlafen konnte, stand ich auf, zog mich an und ging in den Garten. Ich wollte eigentlich nur ein wenig frische Luft schnappen, mich vom Sauerstoff müde machen lassen, doch es war eine überaus helle Nacht, und als ich ein kleines, freies Stück Boden sah – mein Vater hatte tags zuvor die ersten Kartoffeln geerntet –, befiel mich plötzlich dieser Drang.

Ich zog im Schuppen meine Stiefel an, nahm den Spaten und begann zu graben. Ich grub ein Loch. Ich maß dem, was ich tat, keine Bedeutung bei, sondern folgte einfach blind dieser Lust, die mich ergriffen hatte. Es war die Lust, wie wild zu graben, und da es nur ein kleines Stückchen war, welches mir zur Verfügung stand, grub ich nicht in die Breite, sondern in die Tiefe. Als das längliche Loch fast einen Meter tief war und ich in Schweiß stehend meinen Spaten wegstach, zögerte ich nicht, sondern legte mich hinein. Es war zu klein, ich musste meine Beine anwinkeln.

Ich lag dort und schaute hinaus.

Der Mond war von meiner Lage aus nicht zu sehen, nur Wolken, die durch die helle Nacht zogen. Die Kühle der Erde war unangenehm. Ich blieb nicht lange liegen, aber lange genug, um ruhig zu werden, meine Atemzüge zu zählen und einen klaren Kopf zu bekommen. Das Zuschaufeln des Loches ging mir leicht und gleichmäßig, fast rhythmisch von der Hand. Ich nahm eine warme Dusche, legte mich ins Bett, es war fünf Uhr morgens, und ich schlief sofort ein.

Ich grub weiter. Ich grub vor den Prüfungen im Studium und vor meinem Vorstellungsgespräch und als unsere Firma kurz vorm Bankrott stand. Ich grub auch, als mein Vater starb und als meine Frau nach der Geburt unserer Tochter noch lange im Krankenhaus bleiben musste. Ich grub immer an derselben Stelle im Garten. Mal grub ich mit Bedacht und langsam und sorgfältig, mal wild und wie im Rausch. Mal grub ich lange und ausdauernd und bis ich vor Erschöpfung beinah umkippte, mal kurz und schnell und ohne dass sich Schweiß auf meinem Körper zeigte. Mal grub ich so tief, dass der Boden seine braunschwarze Farbe verlor und sandhell zu werden begann, mal nur eine flache Grube, auf deren Ränder ich meine Hände legen konnte. Mal war die Erde erhitzt und trocken und staubte auf, wenn ich grub, mal war sie feucht und klebte in Klumpen am Spaten, sodass ich innehalten und den Matsch mit dem Fuß abschaben musste. Und wenn ich nach dem Graben im Loch lag, öffneten sich alle Engen in mir, ich atmete tief ein und versuchte dem Geruch der Erde nachzuschmecken, ich lauschte auf das grauviolette Kringeln der Regenwürmer, rieb mit den Handflächen über den dunklen Innenraum der Grube und sah in den kleinen, eckigen Ausschnitt Welt, den das Loch mir bot.

Einmal, ich war 60 damals, war meine Tochter zu Besuch – sie hatte ihren Mann mitgebracht –, wir saßen lange und redeten, bis ich eine neue Flasche Wasser holen wollte, doch im Flur merkte, dass ich vergessen hatte, die leere Flasche mitzunehmen, sodass ich umkehrte und auf der Wohnzimmerschwelle stand, als meine Tochter, die mich nicht sah, diesen Satz sagte, diesen einen Satz, zu ihrem Mann, mit Stöhnen in der Stimme: Komm, lass uns bald gehen, ich kann sein Gerede nicht länger ertragen. Da drehte sie sich um und sah mich und erschrak. Sie wollte sich entschuldigen, mir klarmachen, dass sie es nicht so gemeint hatte, doch ich sagte nur: Ihr wolltet doch gehen. Und schickte sie hinaus.

Dann nahm ich meine Taschenlampe und begann zu graben. Es war stockdunkel, und ich sah nicht wirklich, was ich tat und wohinein ich meinen Spaten stach, das Licht der Lampe verzerrte nur, erhellte kaum. Die Erde war in dieser Nacht seltsam fremd für mich. Ich sah sie nicht, ich roch sie nicht, ich hörte sie nur: der schlitzende Stich hinein, wie ein scharfer Riss von Papier; das pfropfende Hochheben der Erde; und das dumpfe Fallen des Aushubs, wie ein ganz leichter Schlag auf ein Bongo. Als ich schließlich unten lag, keuchend und mit Tropfen der Wut im Gesicht, brauchte ich lange, um ruhig zu werden, brauchte ich sehr sehr lange, ehe die Erde mir die Schwere nahm und ich aufstehen und den Dreck an seinen alten Platz zurückschaufeln konnte.

Ich lasse das Loch offen heute, werfe es nicht wieder zu, weil mir kalt ist. Und ich bin müde. Ich nehme ein Bad. Danach, im Bademantel, betrete ich das Zimmer, in dem meine Frau liegt. Ich müsste eigentlich jemanden anrufen. Aber man würde sie abholen, und dann wäre sie fort. Warum? Die dümmste Frage, die man stellen kann, wenn ein Mensch einen Menschen verlässt, ist: Warum?

Als meine Frau mich zum ersten Mal verließ, war ich fünfundzwanzig, und ich grub mit heftiger Traurigkeit. Ich grub mit Tränen, ich grub mit Brustbeben, mit kurzen, heftigen Pausen, in denen mein Körper nichts war als ein geschüttelter Baum. Ich grub mit Nebelnetzen vor den Augen. Ich grub in Raserei. Ich stach den Spaten so weit hinein, wie es ging, oder haute mit der Rückseite des Eisens die Erde platt. Ich bückte mich und grub mit den Händen, bohrte die Finger in das saftige, nasse, kühle Schwarz, sammelte das Innerste des Drecks in meinen Fingernägeln, die sich füllten und schwarz und schwärzer wurden.

Es gab keinen Grund für die Trennung, doch wie gesagt, *warum* ist die dümmste aller Fragen, sie ging einfach, und als ich sie das letzte Mal sah, war eine Glasscheibe zwischen uns, am Flughafen. Ich konnte nicht hören, was sie sagte, ich konnte ihr Haar nicht riechen, ich konnte nur sehen, wie sie den Mund bewegte, ich hätte gern helle, offene i-Laute gesehen, vermischt mit der Gewissheit eines Wiedersehns, aber ich sah nur einen u-Laut, der aussah wie ein angedeuteter Kuss, doch war es alles andere als ein Kuss, nur ein trauriger Blick: Tut mir leid.

Dann drehte sie sich um und ging. Ohne zurückzublicken. Aber sie war so nah an der Scheibe gestanden, dass ihr letzter Atemzug noch am Glas klebte und von den Enden her verbrannte, wie Papier.

Hinweise für den, der nicht weiß, wer er ist

7. Juli

Ich bin heute Morgen aufgewacht mit dem Gefühl, als hätte ich etwas vergessen. Nach dem Frühstück setzte ich mich ins Wohnzimmer. Ich habe nicht gewusst, was ich tun sollte, und bin einfach ruhig dagesessen und habe nichts getan. Bis das Telefon läutete. Am Apparat war ein Mann, der sich selbst Carlsson und mich Mr. Bough nannte. Er fragte mich, wo ich bliebe. Ich fragte zurück, wie er das meine. Statt zu antworten, nannte er die Uhrzeit: acht Uhr fünfundvierzig. Mehr sagte er nicht. Ich entgegnete ihm, dass ich nicht verstünde, was er von mir wolle. Daraufhin veränderte sich seine Tonlage, und er sagte, dass darüber noch zu sprechen sei. Dann hängte er ein. Etwas später ging wieder das Telefon, diesmal war es eine jüngere Männerstimme, die mich Clerence nannte und fragte, was mit mir los sei. Ich blieb höflich und zurückhaltend und fragte den Mann, wovon genau er spreche. Der Mann am anderen Ende entgegnete mir, er sei nicht zu Späßen aufgelegt, die Sache sei ernst, und wenn mir etwas an meinem Job liege, solle ich machen, dass ich in die Gänge käme. Auch er hängte ein. Dann ging ich ins Arbeitszimmer und öffnete ein frisches Notizbuch, vollkommen leer, weil ich dachte, dass es nützlich sein könnte, festzuhalten, was geschieht.

Ich habe einen Spaziergang gemacht und etwas gegessen. Ich habe gedacht, dass ich mich vielleicht an die Umgebung, an Straßen oder Läden erinnern würde. Und tatsächlich: Ich kannte mich aus, gut sogar, ich erkannte die Winford Road, die kleinen Palmen, die in Kübeln am Straßenrand standen, ich erkannte das Denny's Restaurant und den Briefkasten an der Ecke. Dann aber hat mich jemand gegrüßt, er hat im Vorbeijoggen die Hand gehoben und meinen Namen genannt, ich habe genickt und zurückgewunken. Aber ich habe ihn nicht erkannt. Ich habe nicht den blassesten Schimmer, welche Menschen mich kennen und welche diejenigen sind, die ich kennen sollte.

8. Juli

Groß war die Bestürzung, als ich soeben den gestrigen Eintrag las, ohne den ich gar nicht wüsste, was gestern geschehen ist, denn heute ist mir Ähnliches widerfahren. Erneut erwachte ich mit einem merkwürdigen Gefühl und wusste nach dem Frühstück nicht, was ich tun sollte, sodass ich auf dem Stuhl im Wohnzimmer saß. Bis zum Klingeln des Telefons. Der Mann, von dem ich nun, nach dem Lesen des gestrigen Eintrags, weiß, dass er gestern schon einmal angerufen hat, meldete sich, sagte, ich könne mir *noch einen* unentschuldigten Tag nicht erlauben. Da ich zum Zeitpunkt des Telefonanrufs nicht wusste, dass ich bereits gestern mit ihm gesprochen hatte, erschien mir sein Anruf auf offene Weise unverschämt, und ich legte auf.

Nach dem, was ich soeben gelesen habe, wird mir klar, dass sich in meinem Leben etwas zu tun beginnt.

Ich kenne die Gegend draußen, ich kann lesen, schreiben, ich finde mich in dem Haus, in dem ich lebe, gut zurecht. Aber ich kenne die Menschen nicht mehr, die in meinem Adressbuch stehen. Wer sind sie? Und ich weiß nichts über meinen Beruf. Ich habe mir die Bücher in der Wohnung angeschaut, es sind, wie es aussieht, juristische Bücher: Bin ich Anwalt? Ich habe versucht, einen Fall, den ich in einem Übungsbuch fand, zu lösen. Ich konnte es nicht. Ich mache Tabellen, links steht das, woran ich mich erinnere, rechts das, wozu mir der Bezug fehlt. Die rechte Spalte kann ich füllen, weil ich stundenlang in meinen Unterlagen wühle, Adressbuch, Briefe, Zettel, kleine Notizen. Vielleicht ist es so, dass mir alles Alltägliche, alles Banale, alles Unwichtige noch gewärtig ist, während ich alles Wichtige, alles, das mich und meine Existenz bis zum gestrigen Morgen ausmachte, verloren habe. Ist es das? Ich weiß es nicht. Vielleicht, denke ich, geht es nicht darum, herauszufinden, was war, sondern darum, herauszufinden, was wird.

Es gibt im Adressbuch Telefonnummern, die ich anrufen könnte. Aber was soll ich den Menschen, die mich kennen (ich sie aber nicht), sagen? Wie soll ich ihnen begegnen? Soll ich sagen: Erzähl mir noch mal, wie wir uns kennengelernt haben? Wie nahe stehen wir uns? Welche Gefühle erwartest du, soll ich für dich hegen? Nein, ich habe beschlossen, mich nicht zu melden bei den Menschen in meinem Adressbuch. Ich habe die tiefe, unaussprechliche Gewissheit: Das, was ich gerade durchmache, hat nur mit mir zu tun, ist ausschließlich für mich bestimmt, ist eine eigenste, eine ureigenste

Erfahrung, die, teilte ich sie mit irgendjemandem, ihre Bedeutung verlieren würde.

Ich frage mich, ob ich morgen früh wieder, wie jetzt schon zweimal geschehen, alles vergessen haben werde, also auch die Gedanken, die ich mir mache, heute, und deshalb schreibe ich schnell, schreibe ich *mehr* als gestern noch, damit ich, wenn ich morgen erwache und nichts mehr von dem, was geschehen ist, wissen sollte, rasch auf dem Laufenden bin und dort weiterdenken kann, wo ich heute zu denken aufhören werde. Und so habe ich auf einen separaten Zettel meine *Hinweise für den, der nicht weiß, wer er ist* geschrieben und neben das Bett gelegt. Sie lauten:

Solltest du gerade erwacht sein und nicht wissen, wer du bist, so sei dir gesagt: Es ist schon zweimal geschehen. Du hast alles vergessen, so scheint es, was dir wichtig war im Leben. Du hast nicht dein Gedächtnis verloren, sondern so etwas wie das Gefühl für deine Existenz. Beachte: Man wird versuchen, dich zur Arbeit zu holen, vielleicht wird dein Chef anrufen, vielleicht dein Kollege. Gehe nicht auf ihre Anrufe ein. Du hast begonnen, ein Tagebuch zu schreiben. Lies es beim Frühstück. So wirst du wissen, was du gestern wusstest, und nicht wieder von vorn beginnen müssen.

9. Juli

Ich habe soeben die *Hinweise für den, der nicht weiß, wer er ist* gelesen, und es war gut, dass ich sie gestern geschrieben habe. Denn wieder war es so, als hätte die Nacht all das weggewischt, was ich gestern als Existenzgefühl bezeichnet habe.

Nach dem Frühstück brach eine Art Angst aus. Ich stellte mir vor, was mich erwartet, wenn das, was, wie ich lesen kann, vor zwei Tagen begonnen hat, andauert. Wenn ich in Zukunft jeden Morgen vergessen haben werde, wer ich bin, und wenn ich alles, was tags zuvor geschehen ist, durch das Lesen meiner Hinweise wieder neu erlernen muss. Es gäbe dann nichts mehr, woran ich mich festhalten, klammern, sagen wir aufrichten könnte. Keinerlei Beziehung, keinen länger währenden menschlichen Austausch, keine Zeit überdauernde Nähe. Und so riss ich, als am Nachmittag das Telefon läutete, den Hörer ans Ohr, wollte zwar, konnte aber nichts sagen. Es war eine mir unbekannte Stimme, eine der Stimmen, die, wie ich mir denken kann, zu den Namen in meinem Adressbuch gehören. Ich sagte kein Wort, stand nur da, den Hörer am Mund. Klar, da war dieser Drang, alles zu erzählen, demjenigen, der mich anrief, der etwas von mir wollte, der mich sehen wollte womöglich, treffen, ich hätte ihm gern alles berichtet, gleichzeitig schreckte ich davor zurück, aus Angst, einen Fehler zu begehen. Meine Freunde würden befremdet sein und mir nicht glauben, oder aber, wenn sie mir glaubten, mich zu einem Arzt schicken. Nein, dachte ich, das alles führt weg von dem, was eigentlich zu tun ist.

Als aber später noch einmal das Telefon ging, wurde mir klar, dass ich mich irgendwann mit den Adressbuchnamen auseinandersetzen musste. So hob ich den Hörer ab, meldete mich, merkte mir zu Beginn den Namen, den der Anrufer für sich selbst benutzte, hörte mir abwartend an, was er sagte, und teilte ihm schließlich mit, dass ich es für ratsam erachte, die Freundschaft (nein, ich sagte: Soll ich es Freundschaft nennen?) zu beenden, da ich plane, in naher Zukunft das Land zu verlassen. Der Anrufer trug die Nachricht mit Fassung. Viel, scheint mir, kann ihm nicht an dem Mann, der nicht weiß, wer er ist, gelegen haben. Ich strich seinen Namen aus dem Adressbuch.

9. August

Ein Monat ist seit meinem letzten Eintrag vergangen. Ich bin ruhiger geworden. Ich habe aufgehört, in mein Notizbuch zu schreiben. Nur noch die Hinweise habe ich geschrieben. Jeden Abend neu. Stichworte, ein kurzer Abriss dessen, was geschehen ist. Ich entnehme ihnen, dass sich ein gewisser Ablauf der Dinge eingespielt hat. Ich stehe morgens auf, lese meine Hinweise, frühstücke, setze mich ins Wohnzimmer und schaue der Uhr zu, die an der Wand hängt. Das beruhigt mich ungemein. Diese Regelmäßigkeit, dieses Überschüttetwerden mit tickender Exaktheit, dieses stetige Sichwiederholen. Mittags gehe ich essen, danach spazieren. Weiterhin entnehme ich den Hinweisen, dass ich ein Kündigungsschreiben meiner Kanzlei erhalten habe. Dass ich pünktlich und gewissenhaft drei Rechnungen bezahlt habe. Dass ich meine Adressbuchnamen inzwischen alle durchgestrichen und das Buch fortgeworfen habe. Dass seit einer Woche niemand mehr angerufen hat.

Meine Spaziergänge am Mittag führten mich täglich zu den Schafen jenseits des Flusses. Ich setzte mich zu ihnen. Ich habe zu Beginn (Hinweis vom 10. Juli) den Hirten um Erlaubnis gefragt. Ich hockte mich täglich ins Gras, anfangs in einiger Entfernung, dann aber, Tag für Tag, immer näher zu den Tieren hin. Und auch die Tiere (Hinweis vom 24. Juli) rückten näher, störten sich immer weniger an meiner Anwesenheit, lernten, mit mir und meinem menschlichen Körper zu leben. Es sind ihre Gedanken, die mich ihre Nähe suchen lassen. Es sind Gedanken, die fehlen, könnte man sagen, Ungedanken, Nichtgedanken. Ich lausche dem leisen Grasschmatzen, und während sie so schmatzen, ich weiß es, denken sie nichts, und weil sie nichts denken, erinnern sie sich an nichts und haben im Moment des Schmatzens schon das Schmatzen vor einer Sekunde vergessen, das ist es, was ich versuche, mit ihnen zu teilen, von ihnen zu lernen? Still dort zu sitzen, den Wind über den Körper wehen zu lassen, zu fressen, nicht zu denken, die Augen zu schließen, sie zu öffnen, sie zu schließen, zu brüllen, ab und zu, ohne Grund, und dieses Brüllen vergessen, kaum dass es im Wind steht und zu den anderen Schafen hinüberweht.

Heute aber bin ich, während ich so mit den Schafen saß, plötzlich zu mir gekommen, aufgeschreckt kann man sagen, ich habe nicht mehr gewusst, wo ich bin und was ich dort mache, ich habe erstmals, anders als in den Wochen zuvor, *bei Tage* vergessen, wer ich bin. Ich hatte dies jedoch vorausgesehen und mir vor jedem Spaziergang meine Hinweise in die Tasche gesteckt, und als ich so plötzlich aus der Herde erwachte, mich als Mensch inmitten der Schafe fand und nach irgendeinem Merkmal meiner selbst suchte, in meinen Kleidern, da entdeckte ich die Hinweise und las sie.

So weiß ich nun endlich, was zu tun ist.

Ich weiß nun, dass es nur noch einen einzigen Halt gibt, der mich von der Vollkommenheit des Vergessens abhält: die Hinweise. Ich werde mich von ihnen trennen. Ich werde sie morgen Nachmittag auf meinem Spaziergang fortwerfen und bei den Schafen bleiben.

Krakenkampf

Den Krakenkampf glaubt man schon eher. Zumindest nickt man und widerspricht nicht. Dabei ist die Geschichte vom Krakenkampf genauso unwahrscheinlich wie die von der Geburt: Die Geschichte von der Geburt aber nimmt mir keiner ab. Schon nach den ersten Sätzen schüttelt man den Kopf und sagt: Jaja, red du nur. Das ärgert mich, denn die Geschichte von der Geburt liegt mir am Herzen, sie ist verdammt gut recherchiert, wissenschaftlich abgesichert, ich kenne die Namen der Medikamente und möglichen Eingriffe, die Forscher und Firmen, die das Projekt betreuen, ich habe Worte wie Transplantationsmuschel und Uteralimmunität auswendig gelernt, und bei der Wahl des Schauplatzes habe ich sogar Zugeständnisse gemacht: eine James-Bond-Insel, klein, mit weißem Strand.

Ich muss immer dann erzählen, wenn ich mit jemandem, der mich nicht gut kennt, im Schwimmbad bin. Unter der Dusche heißt es dann Mensch, was haste denn *da* gemacht, und ich sage, erzähl ich dir später. Erst wenn wir im Bistro sitzen, mit Wasserpfropfen in den Ohrmuscheln, und ein Brötchen gegen den Schwimmhunger essen, ist mein Zuhörer in der richtigen Stimmung. Zwei Stunden sind vergangen, er hat sich an den Anblick meiner dicken Narbe gewöhnt, er hat wahrscheinlich selber schon fantasiert, was sich da abgespielt haben könnte, seine Einbildungskraft hat einen leichten Anschub bekommen, und ich beginne zu erzählen.

Das Experiment hat drei Jahre gedauert. Nichts davon ist in dieser Zeit an die Öffentlichkeit gedrungen. Strengste Geheimhaltungsstufe. Deshalb auch die Insel. Warum man *mich* für das Experiment ausgewählt hat? Nun ja, ich war natürlich Mitarbeiter der Forschungsgruppe, die damals an dem Projekt arbeitete, und von allen Kandidaten der einzige Mann, der sich vorstellen konnte, selber ein Kind auszutragen. Wenn ich vom Kind zu reden beginne, winken meine Zuhörer ab. Ich bemühe mich zwar weiterhin nach Kräften, aber die Geschichte hat schon leckgeschlagen. Natürlich, sage ich dann, das ist rein biologisch kein Problem mehr, es bedarf einer hormonellen Umstellung, gewiss, aber du siehst ja, ich bin sowieso eher der androgyne Typ, und das nicht erst seit der Geburt meiner Tochter. Man fragt mich, ob ich allen Ernstes behaupten wolle, dass ich tatsächlich ein Kind bekommen hätte. Klar, sage ich dann, aber lass mich doch der Reihe nach ... Weiter komme ich meist nie mit der Geschichte von der Geburt. Jetzt sag doch mal *ehrlich*, heißt es dann.

Als ob das so einfach wäre.

Ehrlich, ich habe nicht gezählt, wie oft ich das, was damals wirklich passiert ist – diesen verdammten Unfall –, beschrieben habe, irgendwann aber fiel mir auf, dass ich nicht mehr das Geschehene selbst wiedergab, sondern nur noch hohle Worte. Es waren die Worte, die ich einst, bei der allerersten Schilderung, gewählt hatte. Als hätten sie sich seitdem in meinen Mund genistet, flogen sie wie pawlowsche Vögel bei einem bestimmten Fragereiz heraus und zwitscherten so lange, bis mein Gegenüber nickte und das Thema wechselte. Und eines Tages fragte ich mich, ob das, was ich erzählte, überhaupt noch der Wahrheit entsprach. Ich versuchte mich deutlich und unmittelbar an den Unfall zu erinnern, mich zurückzuversetzen, mich ganz und gar und neu wieder einzulassen auf die Situation in ihrer haarkleinen Abfolge. Ich erschrak: Die wirkliche Erinnerung an das Geschehen war mir verbaut. Mit jedem bloß wiedergekäuten Wort über die damaligen Vorfälle hatte ich einen neuen Stein in die Mauer gesetzt. Einreißen, dachte ich, sofort einreißen. Nur wie? Durch Schweigen, dachte ich, durch eine neue, stille, innere Annäherung. Und so verbot ich mir, weiter über den Unfall zu sprechen. Indes: Die Fragen hörten nicht auf.

Ich erfand nicht gleich den Krakenkampf, auch nicht die Geburtsgeschichte, nein, meine Geschichten begannen ganz harmlos und glaubwürdig, zunächst mit einer Operation, und man nickte nur bedauernd, dann kam die Messerstecherei, das war schon mehr, und die Zuhörer wollten Einzelheiten wissen. Als Nächstes versuchte ich es mit einem Thrillermotiv, die Hauptperson nannte ich den Schlitzer, und mein Glück mit dem Schlitzer sei unermesslich gewesen, sagte ich, seine übrigen Opfer seien allesamt verblutet. Bei dieser Geschichte musste ich mich bereits bemühen, mir keine zweifelnden Blicke einzuhandeln, und wahrscheinlich haben einige, denen ich sie erzählte, nur nach außen hin genickt, innerlich aber gedacht: So ein Schwätzer.

Je nach Laune erfand ich nun die irrsten Zusammen-

hänge. Eine Gartenschere, die ich mir beim Rasen-
mähen aus Versehen in den Bauch rammte und selber
wieder herauszog, ehe ich blutüberströmt der Nachbarin auf den Gartenkaffeetisch klappte – eine miss-
glückte Versenkungsübung mit indischen Fakiren
(Kohlen oder Scherben) – Ratten, die mich nachts an-
nagten – eine Frau, die mir mit scharfen Fingernägeln
den Leib durchtrennte – Schwefelsäure, die man über
mich kippte (mal als Folter, mal aus Rache).

Mit der Zeit wurde ich süchtig nach diesen Geschichten. Kaum hatte ich jemanden kennengelernt, nahm ich
ihn schon mit zum Baggersee, um mir das Hemd vom
Leib zu streifen. Die Erregung, wenn mich jemand, den
ich nicht kannte, auszog, im Bett, wandelte sich mehr
und mehr in Vorfreude darüber, nach oder vor dem Akt
erzählen zu können. Bei Feten versuchte ich unauffällig
die Gespräche auf Abenteuer, Gefahr und Männlichkeit
zu lenken, um mein Hemd aus der Hose ziehen und den
Gesprächspartnern ohne falschen Stolz meine Narbe
zeigen zu können. Ihr glaubt nicht, wie das passiert ist,
sage ich. Man schart sich um mich, und ich lege los.

Beliebt waren natürlich Haiattacken. In meinen
Ferien belegte ich Tauchkurse, um meine Geschichten
mit realistischen Beschreibungen würzen zu können.
Immer mehr Bücher von Tiefseeforschern sammelten
sich in meinem Leseschrank. Ich spielte den Fachkun-
digen, streute meinen Zuhörern hier und da sachliche
Bemerkungen hin oder stellte ihnen während des Erzählens Fragen, sodass sie selber voll und ganz Teil der
Welt wurden, von der ich gerade erzählte. So fragte ich
einmal bei der Schilderung eines Haiangriffs, ob Haie

eigentlich die Taucheranzüge mitfressen. Man schaute mich an. Ja, fragte ich, was geschieht denn eigentlich mit den Taucheranzügen, wenn ein Taucher gefressen wird? Der Hai pellt sein Opfer wohl kaum sorgsam aus der Schale, ehe er es frisst. Also: Werden die Taucheranzüge wieder ausgeschieden? Oder ausgespuckt? Oder vergammeln sie im Magen? Ich stellte fest: Je mehr meine Zuhörer grübelten, um so weniger merkten sie, wie sehr sie mir schon im Netz zappelten.

Von den Haiangriffen war es nur noch ein Schritt zum Krakenkampf. Eine Krake? fragte man entsetzt. Ich blieb ruhig und verbesserte: Ein Krake. Es heißt *der* Krake.

Es ging um einen Riesenkraken, eins von den Exemplaren, die noch nie gefilmt worden waren, weil sie tief im Bauch des Meeres lebten, für Menschen unerreichbar. Mein Krake war rot, und jeder seiner Fangarme etwa dreimal so lang wie ich. Warum er aus den unergründlichen Tiefen so hoch hinauf getaucht war, erklärte ich mit einem Versagen seines Echolotleitsystems. Wenn jemand sagte, er glaube kaum, dass ein *Architeuthis dux* über ein Echolotleitsystem verfüge, war mir klar, dass ich aufpassen musste, doch meistens widersprach niemand, und so wusste ich, dass ich es mit Ahnungslosen zu tun hatte.

Ich sah zunächst nur einen kleinen Punkt, der sich unruhig wippend aus dem Dunkel des Wassers unter mir näherte. Ich war neugierig, tauchte weiter hinab, meine Lampe war schwach, und plötzlich erkannte ich, was es war, das mir da entgegenschwappte, von tief unten hinauf: die von der Strömung gewellten Fangarme eines Riesenkalmars, samt Fresstentakeln. Die Lampe glitt mir aus der Hand, ich drehte mich und stieß heftig mit den Flossen ins Wasser, spürte im selben Augenblick aber, wie der Krake eine Armspitze um meinen Knöchel wand. Gewaltlos, fast sanft, als wolle er, ganz freundlich, mich zurückhalten, um mir noch etwas zu sagen, ehe ich fortging: Wart noch kurz, mein Lieber. Die erste Reaktion war panisches Armrudern und Um-mich-Schlagen, Zerren und Treten. Luftblasen zerplatzten vor meiner Taucherbrille. Aber der Krake hatte alle Zeit der Welt. Er schien sich sicher zu sein, dass jemand, an den er einmal seine Saugnäpfe gepresst hatte, auch ihm gehören würde, mochte er zappeln, so viel er wollte. Erst als die Heftigkeit meiner Befreiungsversuche abebbte, merkte ich, wie der Krake begann, mich mehr und mehr zu sich hinabzuziehen. Wisst ihr, sage ich, was euch im Innern der Arme erwartet, das Schweigen um mich her wird drückend, der Papageienschnabel, sagt ein Zuhörer, richtig, sage ich, der Papageienschnabel, doch ungleich größer als der eines Papageis und in der Lage, die Haut eines Wals ohne Mühe zu durchtrennen, scharf, sage ich, scharf. Mein Messer, fuhr es mir durch den Kopf, ich hatte ein Messer im Gürtel, ein *Unidive* Tauchermesser, mit Titan beschichtet, ich zog es raus, packte mir den glitschig dicken Arm, der sich schon um meine Oberschenkel knäuelte, begann zu sägen wie verrückt, dachte noch im ersten Moment, das Ding säbelst du durch, mit *einem* Schnitt, doch merkte ich rasch, wie zäh und holzig es war. Andere Fangarme tasteten mich ab, suchten nach griffigen Flächen für ihre Näpfe, ich sägte weiter, als plötzlich ein ungeheurer Schuss Tinte mir schwarz vor die Augen klatschte, alles war dunkel um mich her, ich konnte nicht mehr erkennen, wohinein mein Messer sich fraß, jetzt nur nicht abrutschen, dachte ich, nur nicht dir selbst in die Schenkel schneiden. Als ich den ersten Arm durchtrennt hatte, waren mir schon drei weitere um Bauch und Brust gewickelt, ich merkte, wie sehr er mich in seinen Fängen, wie dicht er mich bereits zu sich herangezogen hatte, und mit knappem Ruck hing ich ihm plötzlich vorm Maul, mein Messer fiel, ich gab mich auf, es war vorbei, ich spürte seinen scharfen Schnabel, der mir in die Eingeweide drang, ein Riss hinauf, schräg, quer durch den Nabel, als wolle er zunächst die Innereien fressen, und wie aus dem Nichts, inmitten meines Todesgrußes, tauchte plötzlich ein gigantischer Schatten auf, hinter dem Kraken, die eckige Stirn eines Pottwals, die sich über uns aufbaute, und von unten bohrte er ohne Knacken sein flaches, zahnbesetztes Lanzenmaul in den fetten Leib des Kraken, ich aber wurde in einer teuflischen Welle aus Tinte und Blut aufwärts geschleudert und sah, wie der Krake seine Fänge nach hinten stülpte, um zu verhindern, wozu es schon zu spät war. Dann packte man mich bei den Schultern, meine Eingeweide hingen halb im Salzwasser, man zog mich auf das Beiboot, schrie wie von Sinnen über mich hinweg, ich aber sank auf einen Meeresgrund von Schlaf, und als ich erwachte, man hatte die Narkosedosis genau berechnet, hielt man mir meine Tochter vor den zugenähten Bauch, sie wimmerte leise und atmete schon seit einigen Minuten.

Kleine Welt

Es begann damit – und wenn ich Es sage, so meine ich all das, was dazu führte, dass ich nunmehr, mit knapp dreißig Jahren, in dieser Anstalt lebe, obwohl es mir ein Leichtes wäre, meine Entlassung zu bewirken, kann ich doch mit Fug und Recht behaupten, niemals zuvor in meinem Leben die Dinge in einem klareren Licht gesehen zu haben als zum jetzigen Zeitpunkt, doch ziehe ich diesen Ort allen anderen möglichen Orten vor, da man hier drinnen, wenn man nicht unbedingt will, keinem Menschen begegnet –, und es begann eben alles mit einer Begegnung gegen Ende meines Aufenthalts im Hochland von Chiapas, als plötzlich eine Maya-Frau auf mich zutrat und mir auffordernd ihre Hand entgegenstreckte, in die ich mechanisch ein Geldstück legte, während ich im selben Augenblick dachte: Die sieht ja aus wie die Obschruff. Das mag äußerst befremdlich klingen, umso mehr, wenn man weiß, dass es sich bei Frau Elisabeth Obschruff um meine schwäbische Nachbarin aus Hohenmemmingen handelt. Ich begriff zunächst überhaupt nicht, woher mir dieser Gedanke so plötzlich, sozusagen aus dem Nichts, zugefallen war: Die Obschruff, eine weißhäutige, bebrillte Landfrau mit dritten Zähnen – die Maya-Frau dagegen, eine gegerbte, zahnlose Bettlerin. Aber ich konnte mich gegen den nackten Gedanken nicht wehren, und als die

Maya-Frau nun lachte, während sie sich, mein Geld in der Hand, fortdrehte – (kein höflich-nickendes Lachen übrigens, kein sich-bedankendes Lachen, eher ein Auslachen, ein meckerndes, zahnloses Auslachen, ganz so, als wäre ich der lächerlichste Mensch auf der Welt, weil ich einer bettelnden Frau ein paar Pesos gab) –, als sie also lachte, fragte ich mich, ob das Lachen der Maya-Frau nicht genauso klang wie das der Obschruff. Das Obschruffsche Lachen, ich erinnerte mich, war mir einmal entgegengetönt, als ich mit zwei leeren Mülltonnen an ihrem Fenster in Hohenmemmingen vorbeigepoltert war und die Obschruff, wie üblich aufs Sims gestützt, die Welt betrachtete, mich höflich grüßte, sodass ich zu ihr hinsah, nickte, irgendwo hängen blieb, stolperte, der Länge nach zu Boden fiel und die Mülltonnen mitriss, was so komisch ausgesehen haben muss, dass ich ebenjenes Obschruffsche Lachen vernahm, wobei die Obschruff wohl vergessen hatte, sich am Morgen die Zähne ins Maul zu schieben.

Die Ähnlichkeit der Maya-Frau mit Elisabeth Obschruff hatte eine verblüffende Wirkung auf mich. Es war, als rüttele sie etwas in mir wach, das jahrelang in einer Koje meines Kopfes geschlummert hatte. Ich begann, die Menschen, die mir während des restlichen Urlaubs begegneten, genauer zu betrachten: Blickte ich in ein unbekanntes Gesicht, fragte ich mich gleich, an wen es mich erinnerte; hörte ich eine fremde Stimme, versuchte ich schon, sie einer mir bekannten Stimme zuzuordnen; formten sich die Hände eines neuen Menschen zu einer Geste, so verglich ich die Geste sofort mit der eines Hohenmemmingers. Und ich fand stets eine Parallele, es gelang mir jedes Mal, die fremden Menschen in meine eigene, mir bekannte Welt zu holen. Ich zerriss den Schleier der Fremdheit, durchschaute das scheinbar Neue, blickte hinter die Fassade und sah auf das, was wirklich darunterlag: das Bekannte, das ewig Gleiche. Und mehr noch: Hinter dem ewig Gleichen, dem Vertrauten, witterte ich schnell schon die Gewöhnlichkeit, und hinter der Gewöhnlichkeit steckte die überall herrschende Langeweile, die Öde unseres Daseins.

Zurück auf der Schwäbischen Alb fragte ich mich, warum die Menschen überhaupt in eine andere, eine neue Welt reisen, wenn diese andere, neue Welt doch nur scheinbar anders und neu, eigentlich aber genau dieselbe Welt ist wie die bekannte? Das Reisen hat doch nur dann einen Sinn, dachte ich, wenn es das Bewusstsein erweitert, wenn es die eigene, enge Welt mit der Kraft des Neuen sprengt. Sieht man aber hinter die Dinge, hinter den Schein, sieht man – um dieses Wort einmal offen auszusprechen –, sieht man unmittelbar und direkt der Wahrheit ins Gesicht (wie ich in Chiapas), so muss man einfach erkennen, dass es nichts Neues gibt; wenn es aber nichts Neues gibt, dachte ich, wird das Reisen selber zur Farce. Nein, sagte ich mir: Wenn man kennt, was man kennt, kennt man alles.

Ich verkroch mich wochenlang in meiner Wohnung und erstellte ein Personenverzeichnis meiner kleinen Welt, listete alle Menschen auf, die ich persönlich kannte. Genauestens vergegenwärtigte ich mir ihre Gebärden, ihr Aussehen, die Art und Weise, wie sie sprachen, einfach alles, was ich mit ihnen in Verbindung

brachte. Ich erstellte regelrechte Dossiers. Fünfundvierzig Menschen, dachte ich am Schluss, fünfundvierzig Menschen gehören zu deiner Welt, der nichts mehr
hinzuzufügen ist. Diese fünfundvierzig Menschen, sagte
ich mir, sollen fortan den Rahmen bilden, um alles
scheinbar Neue, das dir entgegenströmen wird, einzu-
ordnen. So bewaffnet ging ich wieder hinaus, ins Zent-
rum von Hohenmemmingen, mit meinen Porträts im
Kopf, und ich begann, alle unbekannten Menschen, denen ich begegnete – sei es in Läden oder auf der Straße –,
mit den Menschen meiner Fünfundvierzig-Leute-Welt
zu vergleichen, und mühelos gelang es mir, alle unbekannten Gesichter und Blicke irgendeinem Menschen
meiner kleinen Welt zuzuordnen. Der Müllmann dort
winkte wie Onkel Rudolf; der Typ da vorn röchelte
übertrieben laut wie mein Nachbar Egon; der Blick
vom Postmenschen erinnerte mich an den von Stefan
Knirsch; die neue Aushilfe in der Bäckerei hatte den
Gang von Charlotte Dresen. Das alles gab mir ein ungeheures Gefühl der Beruhigung. Nichts Neues konnte
mehr störend von außen in meine Welt einbrechen, und
ich musste keinerlei Anstrengung mehr unternehmen,
Menschen kennenzulernen, denn ich kannte ja alle
schon.

So wäre alles in geregelten Bahnen verlaufen, hätte
nicht vier Wochen später, am Mittwoch, dem vierzehn-
ten Mai, Silke Maurmaier – eine Frau, die zu meiner
Fünfundvierzig-Leute-Welt gehörte und mit der ich in
der Heidenheimer Bahnhofskneipe saß –, hätte also
Silke Maurmaier nicht diesen harmlos scheinenden Satz
gesagt, einen Satz, der mich und mein neues Weltbild

schlagartig aus den Angeln hob. Ich sprach gerade von Rüdiger Knie, einem buddhistisch veranlagten weiteren Menschen meiner Fünfundvierzig-Leute-Welt, als Silke mich plötzlich unterbrach und sagte, sie habe übrigens vor drei Tagen meinen Kollegen Stefan Knirsch kennengelernt, der sie *unheimlich* an Rüdiger Knie *erinnere.* Ich starrte Silke entsetzt an. Sie wusste natürlich nicht, was sie da gerade gesagt hatte. Nein, sie aß einfach weiter, als wäre nichts geschehen. Ich aber stand sofort auf, was heißt hier stand, ich sprang vom Stuhl, verließ die Kneipe und fuhr schnurstracks zurück nach Hohenmemmingen.

Was sich in der Heidenheimer Bahnhofskneipe ereignet hatte, war nichts anderes gewesen als ein Beispiel für die endlose Blindheit, mit der die Menschheit, die Menschen, alle Menschen – (in diesem Fall ich selbst) – geschlagen war: Bei allem Vergleichen, Vergegenwärtigen, Erinnern und Porträterstellen hatte ich vollkommen vergessen, meine Welt *in sich* zu betrachten, die fünfundvierzig Leute *untereinander* zu vergleichen. Hätte ich dies getan, hätte auch ich sogleich erkennen müssen, was mir Silke nun offenbarte, nämlich die frappierende Ähnlichkeit zwischen Rüdiger Knie und Stefan Knirsch, beide Teil meiner Welt. Jetzt aber, nachdem Silke mir den Schleier von den Augen gerissen hatte, sah ich unmittelbar die beiden besagten Gesichter vor mir, das eine legte sich über das andere, verdeckte es, schluckte es, fraß es förmlich auf, und Knirschs graumelierter Kopf verschwand hinter Knies Hamsterbacken, die, so schien mir, leichte Kaubewegungen vollführten, als hätten sie Knirschs Züge noch in den Backentaschen.

Zurück in Hohenmemmingen breitete ich sofort meine fünfundvierzig Porträts auf dem Fußboden aus und verglich die Personen meiner Welt, legte ihr Äußeres, ihre Blicke und Bewegungen nebeneinander, und es gelang mir, bislang übersehene Gleichheiten zu erkennen: Hier schauten zwei aus denselben tiefliegenden, spöttischen Augen, dort zogen zwei andere auf dieselbe erboste Art die Brauen zusammen; hier redeten zwei im komplett gleichen Tonfall, dort trugen zwei die haargenau gleiche Frisur. Wenn mich aber der Schwager Willi an meinen Yoga-Lehrer erinnert, dachte ich, so brauche ich nur einen von beiden. Und so verschlang ein Gesicht das nächste, legte sich eine Geste über die andere, deckte ein Ton den anderen zu: Meine Welt schrumpfte und wurde von Stunde zu Stunde von immer weniger Menschen bevölkert. Immer deutlicher sah ich, dass es kaum einzelne, eigene, unverwechselbare Persönlichkeiten gab, nein, wohin ich auch blickte, ich sah nichts als Gleichheit, Ähnlichkeit, auf Nachmachen und Kopie gerichtetes, affiges Gebaren. So schmolz meine kleine alte Welt zu einem untrennbaren Klumpen, ich führte die fünfundvierzig Leute in dieser Nacht zusammen, zerdividierte sie und ließ sie ineinander aufgehen. Und als am Morgen die Vögel begannen, dumm zu flöten, hatte ich meine komplette Welt auf den Nenner zweier Menschen gebracht, der, so ahnte ich, durch nichts mehr zu teilen war, und diese Menschen waren, wie man sich denken kann, die beiden, die ich bislang meine Mutter und meinen Vater genannt hatte.

Sobald mir diese Tatsache klar vor Augen lag, setzte ich mich ins Auto und fuhr tiefer hinein ins dunkle und unergründliche Gebiet des Schwabenlandes, wo ich meine Eltern wusste und auch antraf. Sie arbeiteten im Krautgarten. Ich begrüßte sie, schwieg dann aber und sagte nichts von meinen nächtlichen Überlegungen, nein, ich tarnte mein Kommen als harmlosen Sohnbesuch und aß hungrig das Frühstück, das meine Mutter mir zubereitete. Essend beobachtete ich meine Eltern und erkannte schon während des Frühstücks, wie sehr gerade meine Mutter sich verändert hatte. Was für Gesten hatte sie plötzlich angenommen? Was für ein Lachen brach da aus ihren Zähnen, wenn mein Vater etwas Lustiges erzählte? Das – ich sah es sofort – waren die Gesten, war das Lachen, waren die Blicke und Worte meines Vaters, mit dem sie, meine Mutter, seit achtunddreißig Jahren zusammenlebte. Abgefärbt, dachte ich sofort, abgefärbt war in all den Jahren die komplette Äußerlichkeit des Vaterverhaltens auf das meiner Mutter. Nichts Eigenes war da mehr, nur noch ein schlechtes Abziehbild dessen, was sie seit achtunddreißig Jahren, hier, in ihrer engsten und beengenden Umwelt, gesehen und gehört hatte. Vatergesten, Vaterworte, Vaterblicke schoben sich da aus der Mutter, alles schon vormals gesagt, getan, geblickt, vom Vater. Je deutlicher ich meine Mutter so beschämend *unselbst* vor mir sah, umso mehr wandte ich mich ab von der Frau, die ein Teil meiner Welt gewesen war, von der Frau, die ich bislang als einzelnes Wesen wahr- und angenommen hatte, wandte mich ab von dieser billigen Vaterimitation, diesem fleischlich hohlen Duplikat, hin zum einzig noch verbliebenen Menschen meiner Welt, den ich Vater nannte: derjenige Mensch, auf den letztlich alle Menschen meiner Welt zurückgingen, derjenige Mensch, dessen Name als letztes Ergebnis unter jeder Liste aus Gleichungen und Vergleichungen stand. Ich sah die Mutter nicht mehr an und versuchte, ihr nicht mehr zuzuhören, hätte dies auch gewiss geschafft, wenn sie nur nicht diesen einen dummen Satz gesagt hätte, dieses Sätzlein, so lapidar, so vor sich hin gesagt, so lächerlich beiläufig eingestreut, so hundertmal preisgegeben, so ganz und gar nicht neu, so alt und plattgetreten, dass es mich bislang nie gestört hatte, dieses kümmerliche Sätzlein, jetzt aber traf es mich wie ein Schlag aufs Bewusstsein. Da sagte sie nämlich, die ehemalige Mutter, ohne sich etwas dabei zu denken, sie sagte es leichthin, so, wie sie es immer schon nach wohl zwanzig Minuten meines Besuchs bei ihnen gesagt hatte, so oft hatte sie es gesagt, dass ich es schon gar nicht mehr hörte, dass ich es schon überhörte bei meinen Besuchen, jetzt aber, bei diesem entscheidenden Besuch, nach dieser Nacht, nach diesen Beobachtungen, nach diesen Gedanken, war es mir unmöglich, den Satz zu überhören, im Gegenteil, ich hörte ihn quasi mit fürchterlichen Schmerzen im Kopf, da sagte sie nämlich, die Vaterdublette, während sie mich ansah, ja, musterte, von oben bis unten – und mir gefriert heute noch das Herz, wenn ich an diesen simplen Satz denke –, da sagte sie also, sie wundere sich immer mehr, wie sehr ich doch meinem Vater aus dem Gesicht geschnitten sei.

Während meine Mutter sich beeilte, ihr »immer mehr« zu erläutern, indem sie sagte, immer mehr, damit meine sie, je älter ich würde, von Besuch zu Besuch, sprang ich schon auf, riss meinen Vater vom Stuhl, zerrte ihn vor den Spiegel, sah mich an, sah meinen Vater an, sah seine Lippen an, sah meine Lippen an, sah seine Nase an, sah meine Nase an, und sogleich bemerkte ich, wie recht meine Mutter hatte, wie sehr ihre Worte der perfekten Wirklichkeit entsprachen. Wie ein Ei dem anderen, hätte ich beinah gesagt, vor dem Spiegel stehend, wie ein Ei dem anderen glichen wir uns. Als ich sah, was ich sah, stieß ich meinen Vater fort, stieß ihn hart und grob zur Seite, indem ich ihn an der Schulter packte und einfach wegwarf. Er fiel auch gleich zu Boden in seinem Alter, kam mit dem Kopf kurz an den kleinen Schuhschrank zu knacken, auf dem dieses hässliche Ziegenfell liegt, dieses abgrundtief hässliche Ziegenfell, er schrie, mein Vater, aber nur kurz, Blut floss keins, und ich sah auch nicht auf den Vater, der da lag und wimmerte – ein wenig erbärmlich, scheint's mir heute, so gar nicht eines Vaters würdig –, ich sah ihn also ganz und gar nicht an, sondern nur mich im Spiegel, gleichwohl sprach ich zu ihm, dem Vater: Was brauch ich dich noch, wenn du bist wie ich selbst.

In dieser Sekunde am Spiegel, der, wie ich jetzt weiß, wichtigsten und bedeutendsten Lebenssekunde, in dieser Sekunde am Spiegel also begriff ich plötzlich, nein, ich muss vielmehr sagen, wurde mir die Gewissheit zuteil, die unumstößliche Gewissheit – das heißt, eine Gewissheit, die sich nicht so leicht hätte umstoßen lassen wie mein Vater vor wenigen Momenten, (der lag noch da und – etwas peinlich ist's mir schon für ihn – weinte) –, die Gewissheit also, dass diese ganze verdammte Welt, die ich bislang als die äußere und äußerste Realität und Wahrheit angenommen und angesehen hatte, aus nichts anderem bestand als aus – mir selbst. Ein ungeheures Glücksgefühl ergriff mich, und dieses Glücksgefühl wurde noch gesteigert durch den sofort gefassten, ich will fast sagen, gepackten, buchstäblich am Schopf gepackten Entschluss – so wie ich übrigens auch meinen Vater am Schopf packte und ihn zur Mutter zurück in die Küche zog, ehe ich auf immer die schwäbische Hütte verließ –, den Entschluss also, mich voll und ganz und für immer und alle Zeit zurückzuziehen von der falschen Welt mit ihren falschen Menschen, die doch allesamt nur Abziehbilder meiner selbst sind, zurückzuziehen an einen möglichst kleinen, engen, abgeschlossenen Ort, an dem mir möglichst wenige dieser Truggebilde, die sich für wahr und echt halten, begegnen können, an einen unerreichbaren Ort, an den sich niemand wagt, an einen Ort wie diesen hier, wie die Anstalt in Bad Schussenried, wohin ich mich gleich, nachdem ich meinen wimmernden Vater der Mutter in den Schoß geworfen hatte, begab, um endlich ganz und gar und ungestört in meiner einzelnen Zelle – die zu ergattern ich allerhand aggressiv-kranken Zirkus zu veranstalten hatte –, um mich also hier zu weiden an der ganzen großen Welt, die ich in den letzten Wochen entdeckt hatte: an mir selbst.

Vom Töten

Am Morgen des siebten April erreichte mich Carola Johanssons Einladung, ein Wochenende in ihrer Villa in Andalusien zu verbringen. Ich lächelte müde, denn es konnte sich nur um einen schlechten Scherz meiner Freunde handeln. Noch Tage zuvor hatten wir in der Kneipe über Carola Johansson gesprochen, es hatte neue Fotos in den Gazetten gegeben, aufgenommen von geschickt versteckten Paparazzi. Meine Freunde hatten mir die Fotos mitgebracht, weil sie meine Schwäche für Carola Johansson kannten, und jetzt hatten sie, wie ich dachte, diese Einladung gefälscht: Ich warf sie in den Mülleimer. Alles, was ich über Carola wusste, alles, was die Menschen überhaupt über sie wussten, basierte auf Gerüchten, die von zweifelhaften Reportern schlagzeilenbreit in die Welt gesetzt und meist Wochen später in einer winzigen Notiz im hinteren Zeitungsteil wieder zurückgenommen wurden. Es schien fast, dass niemand sie persönlich kannte und kaum einer sie je gesehen hatte. Wie sie an ihr offensichtlich riesiges Vermögen gekommen war, lag im Dunkeln. Carola Johansson mied die Öffentlichkeit, und die geheimen Fotos waren oft aus einiger Entfernung aufgenommen worden, sodass man ihre Schönheit, die von den Medien in ein abenteuerliches Licht gerückt wurde, nur erahnen konnte.

Als ich am Abend in der Kneipe saß, sagte ich zunächst nichts von der Einladung und wartete ab, bis, wie ich dachte, meine Freunde von sich aus das Thema auf Carola lenken würden. Das geschah aber nicht, und irgendwann verlor ich die Geduld. Wir hatten schon reichlich getrunken, ehe ich meine Freunde endlich fragte, wer von ihnen mir die gefälschte Einladung geschickt hatte.

»Welche Einladung?«, fragte man zurück.

»Die von Carola Johansson«, sagte ich.

»Von Carola *Johansson*???«

Meine Freunde spielten ihre Rolle sehr gut. Bis zum Schluss gab niemand zu, die Einladung geschrieben zu haben. Einer sprach sogar von Gerüchten, die kursierten, Carola Johansson würde ab und zu gänzlich unbekannte, still vor sich hin lebende Menschen zu sich einladen, aus welchen Gründen auch immer. Schließlich gab ich auf, wechselte das Thema und bestellte eine neue Runde.

Wieder zu Hause ließ ich mich in meinen Sessel fallen. Ich hatte zu viel getrunken, klare Gedanken waren schwer zu fassen, trotzdem stand ich nach einiger Zeit auf, schwankte ein wenig und hielt mich auf meinem Weg in die Küche an Wänden und Möbeln fest, öffnete den Klappmülleimer und fischte zwischen einem feuchten Kaffeefilter und einer Brotkruste die Einladung heraus. Ich konnte kaum was erkennen und strich mir über die Augen. Da fiel mir zum ersten Mal auf, dass der Brief eine spanische Briefmarke trug, abgestempelt in Cádiz. Nein, dachte ich, nach Andalusien zu reisen, nur um mich zu verarschen: So weit wären meine Freunde kaum gegangen. Aber, dachte ich, vielleicht hielt sich einer ihrer Bekannten gerade dort auf und hatte den Brief von Spanien aus abgeschickt. Ich setzte mich hin und schrieb, betrunken grinsend, eine Antwort an den Menschen, der sich als Carola Johansson ausgab. Und ich sagte zu. Ich würde mich freuen, schrieb ich, gern käme ich nach Andalusien, in drei Wochen, Ende Mai, während der Pfingstferien. Dann machte ich einen Spaziergang und warf den Brief in den Briefkasten. Die klare Luft tat mir gut.

Der Trott des Lebens holte mich ein, ich arbeitete, verschluckte die Zeit und hatte meine Antwort an Carola Johansson schon fast vergessen, als mich zwei Wochen später ein neuer Brief erreichte, in dem Carola schrieb, dass sie sich freue, mich bald sehen zu können. Dem Brief beigelegt war ein Ticket. Ich solle, schrieb Carola, eine Woche in Andalusien verbringen, für die ersten Tage habe sie mir ein Hotel bei Tarifa reservieren lassen, am Freitag erwarte sie mich dann fürs Wochenende in ihrer »Residenz im andalusischen Hinterland, einsam, still und abgelegen«. Ich rief die Fluggesellschaft und die Hotelrezeption an und erhielt die Bestätigung, dass tatsächlich für mich Flug und Zimmer gebucht worden waren. Da wurde mir klar, dass es sich um ein Missverständnis handeln musste. Vielleicht gab es einen Menschen, der genauso hieß wie ich, es musste jemand sein, den Carola Johansson kannte, eine Verwechslung. Ich hätte ihr also schreiben und das Missverständnis aus der Welt räumen müssen, aber ich dachte nicht daran. Im Gegenteil. Ich saß auf dem Sessel, fächelte mir mit dem Ticket Luft zu und beschloss, so zu tun, als hätte alles seine Richtigkeit.

Es war ein kurzer Flug, erste Klasse, nonstop nach Málaga, wo mich ein Mietwagen erwartete, kein kleiner Renault, kein Fiat Panda kleinste Kategorie, die ich von meinen Billigreisen her kannte, nein, ein BMW-Cabrio, ich ließ das Verdeck ab, und als der Motor ansprang und ich losfuhr, konnte ich es kaum glauben. Ich fuhr nicht gleich nach Tarifa, ich machte einen Umweg, fuhr über Ronda, sah in die Schlucht hinab, fuhr weiter zur Atlantikküste, durch Pinienwälder, Bäume, die wie unzählige, auf große Stiele gesetzte, außerirdische Flugobjekte aussahen, kam an Stränden vorbei, nahezu unberührt. Erst in der Nacht erreichte ich das Hotel. Ich war in einer sogenannten Suite untergebracht und wusste gar nicht, was ich mit all den Zimmern anfangen sollte. Als ich am Morgen auf meinen Balkon trat und das Meer erblickte, blieb ich eine Stunde lang reglos an der Brüstung stehen. Ich verbrachte die ersten Tage wie im Rausch, lag am Strand oder joggte oder sah den Surfern zu, die übers Meer glitten, freute mich über den manchmal noch kühlen Wind, spazierte über eine riesengroße, künstlich angelegte Sanddüne und besichtigte die Überreste einer römischen Hafenstadt. Am Abend lungerte ich in der Hotelbar herum, ich konnte essen und trinken, was ich wollte, selbstverständlich auf Rechnung von Frau Johansson. Irgendwie schien mir alles, was ich sah und erlebte, seltsam vage und verzerrt: Wohin ich auch blickte, ob in die Marmorbecken, in die alten, ungeheure Kostbarkeit ausstrahlenden Schränke oder auf die feinen, seichten Teppiche, alles war so blendend unwirklich, dass mich das Gefühl beschlich, ich hätte mich selbst in Deutschland zurückgelassen und eine Hülle nach Andalusien geschickt.

Am Freitag erwachte ich mit Kopfschmerzen. Beim Frühstück stellte ich fest, dass meine Hand leicht zitterte. Mir kam kurzzeitig der Gedanke, nach Málaga zurückzufahren und das nächste Flugzeug zu nehmen. Aber die Neugier siegte über die Feigheit. Ich packte meine Sachen und verabschiedete mich vom Portier. Auf dem Parkplatz stand neben meinem Mietwagen eine große, weiße Limousine, vor der zwei Männer in Chauffeursuniform auf mich warteten. Der Ältere sagte, er habe den Auftrag, mich zu Frau Johansson zu bringen. Er nahm mir den Koffer ab und öffnete die hintere Tür. Ich gab den Schlüssel meines BMW-Cabrios seinem Begleiter, stieg in die Limousine und fand mich in geräumigen Ledersesseln wieder, es gab lauwarme Musik und eine satte Bar, ich bediente mich. Der vordere Wagenteil war durch eine Glasscheibe vom hinteren getrennt. Nach einiger Zeit klopfte ich, der Chauffeur drückte auf einen Knopf, die Scheibe surrte herab, und ich fragte ihn, ob er sicher sei, dass er *mich* abzuholen und zu Carola Johansson zu bringen hätte. Ja, sagte er, man habe ihm meinen Namen genannt und ein Bild von mir gegeben.

»Ein Bild?«, fragte ich. »Was für ein Bild?«

Er griff neben sich auf den Beifahrersitz und zeigte mir ein Foto, auf dem ich vor dem Eingang meiner Wohnung in Deutschland stand.

»Woher haben Sie das?«, rief ich.

»Von Frau Johansson«, war die Antwort. Der Chauffeur sah mich im Rückspiegel an, sagte aber nichts mehr. Die Scheibe fuhr hoch, und ich suchte in der Bar nach einem stärkeren Getränk.

Eine Viertelstunde später erreichten wir die riesigen Mauern eines Anwesens, fuhren eine Weile an ihnen entlang, bis wir zu einem Tor kamen, an dem zwei Wachleute mit Hunden standen. Ich musste aussteigen, man tastete mich ab, durchsuchte den hinteren Wagenteil, nahm meinen Koffer aus dem Kofferraum und öffnete ihn. Einer der Wachmänner sagte schließlich: »Está bien!« Er nickte uns zu, und wir fuhren weiter.

Die Villa war riesig, die Fenster klein, vor der Eingangstür stand ein großer Steinlöwe. Uns öffnete ein Mann. Er trug eine ähnliche Kluft wie der Chauffeur. Er begrüßte mich und sagte, ich solle ihm folgen. Ich drehte mich um und sah, wie der Wagen in einer kleinen Wolke aus Staub verschwand. Dann betrat ich das Haus und hörte die Tür hinter mir zufallen. Für einen Augenblick atmete ich blanke Panik ein. Ich griff hastig zur Klinke, um wieder nach draußen zu treten und Luft zu holen, hörte aber den Bediensteten, der laut sagte: »Hier entlang, bitte!« Ich schloss die Augen, beruhigte mich, ließ die Klinke los, trat zu dem Mann und vernahm im selben Augenblick ein hässliches, spitzes, schürfendes Geräusch, von draußen, von der Tür her, wusste aber nicht, was es zu bedeuten hatte.

Der Mann führte mich in einen großen, hellen Speiseraum, in dem sich nichts weiter befand als eine Tafel mit neun Stühlen. Wir durchquerten den Raum und betraten die Küche. Sofort fiel mir die riesige Kühltruhe auf, die so groß war, dass ich ohne weiteres drin Platz gefunden hätte. Die Truhe, sagte der Mann, sei gefüllt mit bereits zubereitetem, eingefrorenem Essen. Gern hätte er sich persönlich um mein leibliches Wohl gekümmert, aber die Anweisungen seien eindeutig: Während des gesamten Wochenendes sei das Haus freizuhalten von sämtlichem Dienstpersonal, Frau Johansson wolle allein mit mir die zwei Tage verbringen. Insofern entschuldige er sich für die Unannehmlichkeiten, aber er hoffe, dass ich mich zurechtfände. Das Schlafzimmer, sagte er, liege im oberen Geschoss, auf der rechten Seite, die einzige Tür, die nicht abgeschlossen sei. Ob ich noch Fragen hätte?

»Allerdings«, sagte ich und griff mir an den Hals. »Ich möchte mit Frau Johansson sprechen, und zwar jetzt gleich.«

»Das ist nicht möglich«, sagte der Mann. »Frau Johansson wird erst morgen früh hier eintreffen. Die erste Nacht werden Sie allein im Haus verbringen.«

»Kommt nicht in Frage«, sagte ich.

»Niemand«, sagte der Mann vollkommen ruhig, »niemand«, wiederholte er, »will Sie zu irgendetwas zwingen. Niemand will Sie gegen Ihren Willen hier festhalten. Sie sind frei in Ihrer Entscheidungsgewalt. Bis elf steht unser Chauffeur für Sie bereit, um Sie, wenn Sie es wünschen, zum Flughafen zu fahren, zurück nach Málaga.«

Dabei sah mich der Mann jedoch mit einem Blick an, in dem sein ganzes Erstaunen darüber lag, dass ich eine Einladung Carola Johanssons auszuschlagen auch nur ernsthaft in Erwägung zog, statt hocherfreut den kommenden Tagen entgegenzublicken. Ich solle mir die Sache in Ruhe überlegen, sagte er, es sei ja genügend Zeit, er wolle mir noch einen Cocktail bringen und sich dann verabschieden. Ich zögerte einen Augenblick zu

lange, er hatte mich schon stehen lassen, ehe ich etwas
hätte entgegnen können. Ein Cocktail, dachte ich, das
kann nicht schaden, wenn ich schon mal hier bin. Doch
da schoss mir plötzlich das Geräusch von vorhin durch
den Kopf, das Geräusch, das ich an der Eingangstür
gehört hatte, und ich wusste jetzt mit erschreckender
Sicherheit, dass es nur ein Riegel gewesen sein konnte,
ein Riegel, den man von außen vor die Tür geschoben
hatte. Ich sprang auf, lief durch die Eingangshalle, griff
zur Klinke: Die Tür war offen. Ich trat hinaus, die Sonne
brannte stark und hatte die Gegend in Hitze getaucht.
Dann sah ich in der Ferne am Tor etwas blitzen, das
musste der Wagen des Chauffeurs sein. Es gibt keinen
Grund zur Unruhe, sagte ich mir, es ist alles in Ordnung. Ich ging zurück in die Küche, der Bedienstete
brachte den Cocktail, verabschiedete sich und ließ mich
allein. Ich hörte, wie die Eingangstür sich schloss. Keine
weiteren Geräusche. Alles blieb still. Jetzt – glaubte ich
dem Mann – war ich allein im Haus. Ich trank.

Nach einer Weile stand ich auf. Neben der Küche,
dem Esszimmer und einem riesigen Bad fand ich im
Erdgeschoss zwei Wohnräume mit großen Fenster-
wänden, die in einen riesigen Garten zeigten. Im Garten
befand sich ein Pool. Ich bekam Lust zu schwimmen,
doch ließen sich die Fensterwände nicht öffnen, ich sah
Schienen, in die das Glas eingelassen war, es musste
einen elektronischen Mechanismus geben. Ich suchte,
fand aber nichts. Ich verließ die Villa durch die Eingangstür und ging ums Haus herum. An der rückwär-
tigen Seite gab es eine kleine Hecke, durch die ich mich
schob und in den Garten gelangte. Der Pool lag jetzt

vor mir. Mit einem merkwürdigen Gefühl sah ich nach oben: Dort mussten die Zimmer sein, in denen Carola Johansson lebte, die verschlossenen Räume. Und was, wenn der Bedienstete gelogen hatte? Wenn sie gar nicht fort war? Wenn sie mich beobachtete? Gerade jetzt? Leicht erregt zog ich mich aus und stellte mir vor, wie sie hinter den Vorhängen stand und mir zusah. Ich sprang ins Wasser. Später legte ich mich auf einen Liege-stuhl. Ich schlief ein, und als ich erwachte, hatte ich einen Sonnenbrand. Zwei Stunden waren vergangen, meine Brust schmerzte, ich zog mich an, ging in die Küche, aß eine Kleinigkeit und trank dazu Rotwein. Dann saß ich still im Esszimmer. Durchs Fenster fiel das Licht des Nachmittags. Meine Beklemmung wich mehr und mehr einer tiefer liegenden Neugier. Was soll schon passieren? dachte ich. Allein mit Carola in die-sem Haus, da besteht keine Gefahr. Und in die Neugier mischte sich ein mir unbekanntes Gefühl von Eitelkeit: Da war sie, Carola, die etwas von *mir* zu wollen schien, sie, die Bekannte, im Mittelpunkt Stehende, von mir, dem Namenlosen, dem Unbekannten.

Noch blieb mir der Abend. Ich stieg nach oben. Linker Hand erstreckte sich ein langer Flur mit fünf Türen: Sie waren alle verschlossen. Nach rechts führte eine offen stehende Tür in mein Schlafzimmer mit Bad. Ich setzte mich aufs Bett. Nirgends sah ich einen Fern-seher. An der Wand stand ein Schreibtisch, auf dem ein Buch lag. Ich ging hin. Es war kein gedrucktes Buch, sondern ein in Leder geschlagenes, dickes Buch mit dem Titel *Vom Töten*: Handschriften, zusammenge-bundene Blätter, teils deutsch, teils spanisch, das Buch war nur bis zur Mitte beschrieben, die zweite Hälfte blieb leer, nichts als weiße Blätter, ein Anblick, der mich seltsam berührte. Ich setzte mich und begann sofort zu lesen. Es handelte sich um Berichte von verschiedenen Menschen, mit einer einzigen Gemeinsamkeit: Alle hatten irgendwann einmal irgendwas getötet. Manchmal sprang der Akt des Tötens offensichtlich und klar ins Auge, manchmal merkte ich erst bei genauerem Lesen, dass es sich wohl um ein inneres Töten handelte, ein Töten von Gefühlen. Das Buch ließ mich nicht los, ich las einige Stunden lang, und als ich aufblickte – ich erschrak ein wenig –, war es draußen bereits dunkel.

Ich hatte, ohne es zu merken, die Schreibtischlampe angeknipst. Jetzt sah ich auf die Uhr: Es war kurz vor elf. Die Tötungsbeschreibungen hatten meine Fantasie aufgewühlt, und die Dunkelheit, die durch die Fenster drang, war seltsam greifbar. Da wurde mir schlagartig klar, dass ich in diesem Haus, das ich nicht kannte, in diesem Haus, das abgeschlossene Türen hatte, von denen ich nicht wusste, was hinter ihnen lag, in diesem Haus, das einem Menschen gehörte, den ich nie persönlich getroffen hatte, dass ich in diesem Haus eine Nacht allein verbringen musste. Noch war es nicht zu spät, dachte ich, noch wartete der Chauffeur auf mich. Ich lief die Treppe hinab und trat hinaus in die Finsternis. Einen Augenblick hielt ich inne. Ich konnte nichts erkennen. Grillen. Ein Nachtvogel. Die aufgestaute Hitze des Tages. Wenig Wind. Mein Blick tastete wie ein Stock durchs Dunkle. Ich ging Richtung Tor, langsam. Von dort hörte ich einen Wagen, der angelassen wurde, zwei Rücklichter flammten auf und entfernten sich. Und als ich noch überlegte, ob ich laufen oder rufen sollte, hörte ich ein Knurren. Hunde, dachte ich, der Park wimmelt von Hunden. Ich ging langsam zurück, kam ungeschoren zum Haus, schob mich hinein und schloss die Tür. Ich holte zwei Flaschen Rotwein aus der Küche, ließ im ganzen Haus das Licht an und schloss mich im Schlafzimmer ein, nachdem ich alle Schränke und Ecken untersucht und festgestellt hatte, dass sich niemand im Zimmer befand. Dann leerte ich eine Flasche in kürzester Zeit, hoffte, dass sich der Alkohol auf mich legen und mich schwer und müde machen würde. Ich zog mich aus, legte mich ins Bett, deckte mich nicht zu, da es noch warm war, ich das Fenster aber nicht öffnen wollte, aus Angst, in der Nacht könnte jemand, den ich nicht kannte, zu mir ins Zimmer kriechen.

Ich erwachte, als es draußen schon hell war, ging ins Bad, warf mir Wasser ins Gesicht, zog eine kurze Hose an, schloss die Tür auf, öffnete sie und stand vor Carola Johansson. Wir waren nur eine Handbreit voneinander entfernt, so nah, dass ich ihre Augen sah, ihre Nase, ihren Mund, geöffnet, leicht verschwommen. Sie wich einen Schritt zurück und fragte mich in klarstem Deutsch, ob ich ein paar Bahnen mit ihr schwimmen wolle. Ich nickte mechanisch. Sie drehte sich um und ging hinab. Sie trug einen weißen Bademantel, war barfuß, das Haar rötlich gefärbt, die Schultern seltsam breit. Ich zog eine Badehose an, blickte auf meinen krebsroten Bauch, nahm ein Handtuch und ging hinunter. Sie hatte nicht auf mich gewartet. Die Glastür stand offen, und ich trat in den Garten. Am Beckenrand lag Carolas Bademantel. Sie selber schwamm bereits. Ich stieg die silbergraue Seitentreppe hinab in den Pool. Das Wasser war noch angenehm kühl. Erst als ich an Carola vorbeischwamm, sah ich, dass sie nackt war, ihre Schultern und Arme muskulös. Sie schwamm sehr schnell, und ich bemühte mich, nicht zu sehr zurückzubleiben, wählte aber eine Bahn etwas weiter von ihr entfernt. Sie schwamm, ohne mit mir zu reden. Auch in den Momenten, da unsere Bahnen sich kreuzten, schwamm sie an mir vorbei, ohne mich zu beachten, den Blick nur auf die vor ihr liegenden Züge gerichtet. Eine solche Anstrengung, so früh am Morgen, war ich nicht gewohnt, ich wurde langsamer und hielt mich des Öfteren am Beckenrand fest. Carola dagegen schien von Bahn zu Bahn schneller zu werden, ganz so, als wären die ersten Bahnen nur ein Aufwärmen gewesen und sie würde erst jetzt alles aus sich herausholen.

Nach einer halben Stunde stieg ich erschöpft aus dem Wasser und trocknete mich ab. Von draußen sah ich, wie Carola wendete und plötzlich zu schwimmen aufhörte. Sie hielt sich am Beckenrand fest und zog sich ein wenig aus dem Wasser. Ich konnte den Ansatz ihrer Brust erkennen. Sie legte den Zeigefinger auf die Lippen. Das war ein Zeichen für mich, aber sie sah mich nicht an dabei, sondern blickte auf das entgegengesetzte Beckenende. Eine wilde Ente hatte sich dort auf dem Rasen niedergelassen und watschelte Richtung Pool, blieb kurz am Rand stehen, breitete die Flügel aus und flatterte ins Wasser. Im selben Augenblick tauchte

Carola unter. Leise. Ich sah, wie sie in wenigen wuchtigen Stößen lautlos unter Wasser das Schwimmbecken querte, sah von oben ihre kräftigen Oberschenkel und die leicht auseinander klaffende Falte. Die Ente, die im Wasser ihre Federn putzte, wurde plötzlich nach unten gerissen. Ich hörte ein Quaken, kurz, dann war es still. Carola tauchte nicht gleich wieder auf, es verging eine halbe Minute, ehe ihr Kopf durchs Wasser brach. Sie holte tief Luft, sah mich an, streckte mir den rechten Arm entgegen, an den Füßen hatte sie die tote Ente gepackt. »Ungeziefer!«, sagte sie. »Wenn man nichts tut, hat man das ganze Becken voll Grütze.« Mit diesen Worten stieg sie aus dem Pool. Sie stand mir nun nackt gegenüber, was ihr nichts auszumachen schien. Sie drückte mir die tote Ente in die Hand, ehe sie ihren Bademantel anzog und ins Haus ging. Ich legte die Ente neben einen Liegestuhl und folgte ihr. Carola saß bereits am Frühstückstisch mit Wurstplatten, Eiern und etwas, das aussah wie Stierhoden. Auch gab es zwei Pötte mit marmeladenähnlichen Pasten, ich setzte mich, nahm ein Brötchen aus dem Korb, bestrich es und fragte: »Pfirsich oder Aprikose?«

»Weder noch«, sagte Carola.

Ich biss ins Brötchen, die Pampe schmeckte alles andere als süß, eher nach Curry und Kreuzkümmel.

»Sondern?« fragte ich kauend.

»Fötus«, sagte sie. »Katze, noch nicht geboren, rausgeschnitten, abgekocht, vermengt mit indischen Gewürzen, Spezialität.«

Ich lächelte gequält, sah sie fragend an, und als sie nickte, ernst und bestätigend, spuckte ich die halbzerkaute Masse auf den Teller. »Was soll das?«, rief ich. »Wollen Sie mich vergiften?«

»Warum?«, fragte sie. »Nichts schmeckt besser als vor der Geburt Getötetes. Sie essen doch auch Eier, oder?«

Ich schwieg und betrachtete Carola genauer.

»Was wollen Sie von mir?«, fragte ich.

»Ich hab Sie beobachten lassen«, sagte Carola Johansson.

Sie trug ihr Haar offen, es war noch nass vom Schwimmen, und einzelne Strähnen hingen ihr ins Gesicht, sodass sie öfter die Haare aus der Stirn streichen musste. Die Finger waren schmal, ihre Arme und Schultern dagegen ließen auch jetzt noch, vom Bademantel bedeckt, erkennen, dass sie gezielten Muskelaufbau zu betreiben schien.

»Beobachten lassen?«, flüsterte ich.

Carola kaute und schluckte den letzten Bissen Wurst, sah mich lange an, und eine eiskalte Lust stieg in mir hoch, aufzustehen und mich ihr zu nähern, doch Carola begann plötzlich zu reden, und ich musste mich konzentrieren, um zu verstehen, was sie sagte, sie sprach vom Töten, einfach so, ruhig, sachlich, langsam, ihre Augen fest mit meinen verschränkt, sie nannte sich selbst eine Forscherin auf dem Gebiet des Tötens, eine Sammlerin von Tötungsarten, sie sprach von den unzähligen Weisen zu töten, von der täglichen, der stündlichen Tötungsorgie, die sich weltweit ereigne, sie gab mir allerhand brutale Beispiele, zerpflückte die unerschöpflichen Möglichkeiten des Tötens, sprach auch von eigenen Tötungserfahrungen, wie sie es nannte, und mir wurde immer enger, während sie redete, das Wort töten nahm mir die Luft, das widerliche ö wurde zum aufgerissenen Mund mit zwei entsetzten Augen, ich verstand nichts, hatte keine Ahnung, was sie vorhatte, was sie wollte, was sie bezweckte, und dann, ruckartig, seltsam heftig, da war sie es, die plötzlich aufstand, einen Schritt in meine Richtung tat, während sie ruhig weiterredete, sie kam mir nahe, streckte ihre Hand aus, schob den Stuhl zurück, der schräg neben meinem stand, öffnete eine im Tisch versteckte Schublade, all das, während sie immer noch redete, redete, redete, und ich war erleichtert, dass es nichts weiter war als eine Zeitung, die sie hervorholte, sie legte die zurechtge-knickte Zeitung auf den Tisch, ging dann Richtung Tür, und da sie immer noch weitersprach, in ihrem ruhigen, nüchternen, kalten Ton, auch, als sie schon auf der Schwelle stand und das Zimmer verließ, dachte ich, sie wolle etwas holen, sie würde gleich zurückkommen, sie würde nur kurz ihre Rede unterbrechen, um sofort, nachdem sie zurückgekommen wäre, weiterzureden, und so blieb ich auf dem Stuhl, als hätte sie mit ihren Worten einen Käfig errichtet, in dem ich nun saß.

Carola Johansson kam aber nicht zurück. Ich starrte auf die Tür, durch die sie verschwunden war. Erst nach einer halben Stunde löste sich die Lähmung, es war, als klinge die Wirkung eines Giftstichs ab, und ich richtete meinen Blick auf die Zeitung, die vor mir lag. Ich sah das Bild eines Unfalls: ein ausgebrannter Wagen am Grund einer Schlucht. Dann las ich den Text. Es han-delte sich um einen Mietwagen, genauer, um ein BMW-Cabrio. Der Fahrer war vollkommen verbrannt. Die Leiche nicht zu identifizieren. Anhand des Wagens hatte man dennoch herausgefunden, wer der Mann gewesen war. Die Angehörigen des Touristen waren bereits von dessen Tod in Kenntnis gesetzt worden. Die Reste der Leiche befanden sich auf dem Weg nach Deutschland. Ich las den Artikel noch einmal, stand auf, ging zur Tür, öffnete sie, niemand zu sehen. Langsam drückte ich mich aus dem Raum und tastete mich an den Wänden entlang zur Haustür. Sie war offen, ich trat hinaus und ging einige Schritte Richtung Tor, als die Hunde kamen und sich vor mir aufbauten. Sie knurrten nicht, fletschten nicht mal die Zähne, blieben ganz ruhig, sahen mich nur an, fast liebevoll hechelnd. Ich blieb stehen. Zurück zum Haus waren es zwanzig, zum Tor einige hundert Meter. Ich machte einen Schritt nach vorn. Der vorderste Hund verdrehte die Augen, sodass für einen Augenblick das Weiße zu sehen war. Ihm hing plötzlich die Zunge aus dem Maul, und er sabberte. Ich tat einen weiteren Schritt, der Hund bellte, ein einziges Mal nur, als wolle er sagen, für dich streng ich mich nicht weiter an. Leise ging ich zum Haus zurück.

Ich schloss mich in mein Schlafzimmer ein, zog die Vorhänge zu und beobachtete durch einen Spalt die Gegend um den Pool. Nichts tat sich. Ich war allein. Ich war unfähig, einen klaren Gedanken zu fassen. Ich sah nur dieses eine Bild vor mir, Carola Johansson, draußen, im Flur, mit angeschlagenem Gewehr, das linke Auge zusammengekniffen, das rechte vorm Zielfernrohr, darauf wartend, dass sich meine Tür öffnete: Sie würde mich töten können, dachte ich, töten, ohne dass jemand es merkt, es war ganz einfach, ein perfekter Plan. Es wird gut sein, dachte ich, auf die Nacht zu warten. Wenn sich die Dunkelheit übers Haus gelegt hat, wird auch Carola es schwerer haben. Dann sah ich mich im Zimmer um und suchte nach Waffen. Da war die leere Rotweinflasche. Ich zerschlug sie. Über dem Hals blieb eine scharfe Scherbe stehen. Ich bastelte aus der Vorhangkordel eine Schlinge. Ich zertrümmerte einen Stuhl und legte die Stuhlbeine neben Flasche und Schlinge aufs Bett. Das Warten begann. Ich versuchte an etwas zu denken, das mich beruhigen, an das ich mich klammern konnte, ich suchte nach Gewöhnlichkeit, nach dem ruhigen, klaren, glatten Fluss des geregelten Lebens, das mir so vertraut war. Das dämpfte meinen Herzschlag.

Als es dunkel war, legte ich mir die Schlinge um die Schulter, nahm die Flaschenscherbe in die Linke, ein Stuhlbein in die Rechte, öffnete vorsichtig die Tür und trat hinaus. Auf dem Flur war alles schwarz. Ich durchquerte den Gang und zuckte bei jedem Knarzen der Dielen zusammen. Aus der vierten Tür drang durch die Bodenritze Licht. Ich schlich hin, ging in die Knie und spähte durchs Schlüsselloch. Dort, im Zimmer, mir zugewandt, stand Carola, immer noch im weißen Bademantel. Als hätte sie nur auf mein Erscheinen gewartet, drehte sie sich nach rechts zur Wand, legte sich lang und flach auf den Boden und zog eine kleine blaue Kugel und ein chinesisches Essstäbchen hervor. Die Kugel platzierte sie einen halben Meter von der Wand entfernt auf dem Teppichboden. Sie kniff ein Auge zusammen, und ich sah, wie sie, als bereite sie einen Billardstoß vor, das Essstäbchen ein paarmal Richtung Kugel vor- und wieder zurückschob, ohne sie zu berühren. Carola lag da, voll konzentriert, und hielt den Atem an, als das

Essstäbchen endlich an die Kugel tippte, die Kugel Richtung Wand kullerte und dort in einem Loch verschwand, das ich von meiner Lage aus nicht hatte sehen können. Sekunden verstrichen, ehe die Kugel wieder auftauchte, geschoben von winzigen Schnauzhaaren: Eine Maus bugsierte sie heraus. Carola griff in die Tasche ihres Bademantels und tauschte die Kugel gegen ein Stück Käse. Die Maus kroch mit dem Käse wieder ins Loch. Als sie verschwunden war, drehte Carola den Kopf scharf in meine Richtung und warf ihren Blick wie ein Messer zu mir durchs Schlüsselloch. Ich zuckte zurück, verlor das Gleichgewicht, fiel hin, raffte mich auf, ließ Flaschenscherbe und Stuhlbein liegen, rannte durch den Flur, stieß einige Male an kantige Gegenstände und erreichte mein Schlafzimmer, das ich rasch von innen verriegelte. Die nächste halbe Stunde verbrachte ich damit, das Bild aus meinem Kopf zu streichen, versuchte, mir ihren Blick aus den Augen zu wischen, starrte immer nur auf ein und dieselbe Stelle, nahm aber nichts wahr, absolut nichts, kreiste immer nur um den einen Gedanken: auf keinen Fall die Augen schließen. Wenn du die Augen schließt, dachte ich, holst du sie her. Nur nicht einschlafen, dachte ich. Schläfst du ein, dachte ich, wird sie da sein, wenn du aufwachst. Mit aller Macht versuchte ich, meine wirren Gedanken zu beruhigen, es gelang mir nicht, ich wusste nur, dass ich die Augen offen zu halten hatte, irgendwie, ich musste sie überbrücken, die Nacht, bis zur Sonne. Erst nach einigen Minuten merkte ich, wohin ich die ganze Zeit krampfhaft gestarrt hatte, Richtung Schreibtisch, zum Buch, das immer noch dort lag.

Ich ging hin und öffnete es. Die Augen nicht schließen, dachte ich, die Augen nicht schließen, klare, ruhige
Gedanken fassen, um vorbereitet zu sein, auf das, was
noch kommen wird. Ich nahm einen Stift vom Tisch
und begann zu schreiben, ohne nachzudenken, gleich,
sofort, ich schrieb über das, was auf dem Spiel stand, ich
schrieb über das Leben, ich schrieb über mein Leben,
ich schrieb wie selbstverständlich über das Beruhi-
gendste, das Sicherste, das Friedlichste, das man sich
vorstellen kann, über einen meiner so unendlich gleichen
Tage zu Hause. Ich zerpflückte minutiös einen dieser so
gewöhnlichen Tage vom morgendlichen Aufstehen über
das Ausquetschen der Zahnpastatube, das Waschen und
Rasieren, alle Kleinigkeiten des Alltags. Ich wühlte
mich regelrecht hinein in diesen Tag, beschrieb die
monotonen Straßenbahnfahrten zur Arbeit, die endlos
langen, sich zäh ziehenden Stunden, in denen ich mas-
senhaft Akten zu bearbeiten hatte. Ich beschrieb das
Lesen, das Unterstreichen, das Abtrennen von Durch-
schlägen, das Einordnen, das nicht enden wollende
Stempeln mit dem Eingangsstempel, dem Bearbeitungs-
stempel, dem Datumsstempel, dem Erledigtstempel,
dem Zurückstempel, alles vollkommen gleichförmig,
gleichfarbig, ein Tag schlurfte im selben abgetragenen
Gewand heran wie der nächste. Ich beschrieb auf haar-
genaue Weise, wie die Stempel sich anfühlten, wie sie
aussahen, wie sie rochen, ich beschrieb jeden einzelnen
dieser Stempel, die ich regelmäßig an die gleiche Stelle
auf den eingehenden Akten zu drücken hatte, ich
schrieb sozusagen in Echtzeit und holte mir im ewig
langen Beschreiben die Langeweile selber an den

Schreibtisch. Als ich meinen kompletten Bürotag in einer ans Wahnsinnige grenzenden Ausführlichkeit ausgemalt hatte, schrieb ich mich endlich aus dem Büro heraus und bestellte mir schreibend etwas zu essen, aß in allen Wirtschaftseinzelheiten, bis hin zum Zahnstocher, mit dem ich kleine Fleischfäden aus den Zahnzwischenräumen pulte, schrieb mich dann in meine täglichen Kneipenbesuche, kippte im Schreiben meine täglichen Biere, schrieb mich besoffen, merkte, wie die Schrift immer öfter auf dem Papier ausrutschte, stolperte, sich wieder aufraffte, torkelte, Worte verlor, ich schrieb mich mit letzter Kraft ins Bett, verfluchte den nächsten Morgen und tippte ihn als Zahl in den Wecker, ehe ich mich fragte, warum es jemanden wie mich überhaupt gab.

Als ich erwachte, war sie da. Ich wusste nicht mehr, wann ich zu schreiben aufgehört hatte, wann ich ins Bett gegangen und wann ich eingeschlafen war. Ich wusste nur: Sie war da. Ich wusste es, obwohl ich die Augen fest zusammengepresst hielt. Denn ich dachte plötzlich: Sie ist nur da, wenn ich sie sehe, sie ist nur da, wenn ich die Augen öffne. Ich regte mich nicht. Ich tat, als schliefe ich. Ich glaubte zu spüren, wie ihre Hände über meinem Körper lagen. Ich spürte nicht wirklich den Druck ihrer Finger, es war, als hielte sie die Hände einige Millimeter über meiner Haut, sodass meine Härchen sich aufrichteten. Dann ihr Atem. Seltsam kalt und frisch. Und überall. Als fahre, ganz langsam, ihr Mund meinen Körper entlang. Nach einiger Zeit merkte ich, wie sie sich zurückzog. Es wurde wärmer. Ich hörte etwas, vom Schreibtisch her. Meine Augen blieben fest verschlossen. Nur nicht die Augen öffnen, dachte ich, nur nicht die Augen öffnen.

Ich schlief nicht mehr in dieser Nacht. Keine Sekunde. Ich lag auf dem Rücken. Vögel wachten auf und sorgten für die Geräusche des Morgens. Mit geschlossenen Augen verließ ich das Bett und tastete mich zum Fenster. Schob die Vorhänge beiseite. Hinter den Lidern wurde es orangerot. Licht flutete mich. Endlich. Wie durch schlecht geschlossene Schotten brach es zu mir herein, und ich blickte. Sah zunächst nichts, hielt mir die Hand vor die verschleierten Augen, kniff sie zusammen, drehte mich um, sah ins Zimmer, es war niemand da, und das Buch war fort.

Es hat keinen Zweck, dachte ich. Ich muss mich fügen. Irgendwann, dachte ich, wirst du das Zimmer verlassen. Verlassen müssen. Es hat keinen Zweck. Es gibt keinen Ausweg. Ich öffnete die Tür, war auf alles gefasst, aber nichts geschah. Wartete eine Weile: Stille. Dann ging ich hinab zum Pool. Niemand hinderte mich. Ich schwamm. Ich schwamm in allergrößter Langsamkeit, ruhte ab und zu aus, alles in allem war ich wohl zwei Stunden im Wasser, die Sonne zerbrannte mir den Kopf, aber ich war mir sicher: Das hier sind meine letzten Züge.

Doch plötzlich trat der Chauffeur an den Rand des Beckens, er hatte meinen Koffer und meine Sachen dabei. »Ihr Flieger«, sagte er. Ich stieg aus dem Wasser, zog mich an, fragte nichts, nahm den Koffer und folgte dem Chauffeur zu seinem Wagen. Keine Hunde weit und breit. Der Chauffeur hielt mir die Tür auf, ich stieg ein. Der Mann sagte kein Wort auf der Fahrt nach Málaga. Am Flughafen zog er einen Brief aus der Tasche, reichte ihn mir und verabschiedete sich mit einem Nicken. Ich gab meinen Koffer auf, saß in der Halle und wartete. Eine Weile fächelte ich mir mit dem Brief Luft zu, dann öffnete ich ihn. Drin war eine geknickte, weiße Karte, schwarz umrandet. Drauf war ein Kreuz zu sehen. Und über das Kreuz hatte Carola gekritzelt: »Als Dank für Ihren Text zum Töten.« Ich klappte die Karte auf und las die Einladung, las meinen Namen, las die üblichen Trauerworte, las den Termin für die Beerdigung, für meine Beerdigung. Übermorgen. In Deutschland. Und dann malte ich mir aus, wie ich hinter einem Baum stehe, auf dem Friedhof, eine Sonnenbrille, ein Hut, der Blick auf meinen Sarg gerichtet, der langsam ins Grab taucht, und ich: erregt, seltsam erleichtert, endlich tot zu sein.

Konrad spricht

Mein Problem ist, dass ich es nicht übers Herz bringe. Er sitzt hier seit zwei Stunden. Er hört nicht auf. Er hat noch kein einziges Mal Luft geholt, scheint es. Hätte ich gewusst, dass *er* es ist, wäre ich gar nicht erst an den Türsprecher gegangen. Aber er hat mich überrumpelt, er ist zu einer Zeit gekommen, da ich nicht mit ihm habe rechnen können. Er hat in dem Augenblick geklingelt, als ein erster Krampf im Bauch meine Tage ankündigte. Ich habe ein Ja? in den Sprechanlagenhörer gesprochen und nicht eine Sekunde lang gedacht, dass er es sein könnte. Aber dann diese Stimme. Das erste Mal an diesem Tag seine Stimme, ein helles, piepsendes Ich bin's, mit Betonung auf dem Ich. Keine Erklärung, warum er so früh am Tag schon vor der Tür steht. Ich habe den Türöffner gedrückt, und während des Türöffnerkrächzens hörte ich durch die Sprechanlage hindurch, wie unten die Tür aufklackte, und weiterhin sah ich nun förmlich durch die Sprechanlage hindurch, wie sich sein Körper durch die Haustür schob. Plötzlich erschien mir die Abbildung eines Schlüssels auf einem Türöffnerknopf vollkommen lächerlich. Es gibt nur einen einzigen Knopf auf einer Türöffnungsanlage, und wozu sonst sollte der einzige Knopf einer Türöffnungsanlage dienen als zum Öffnen der Tür? Und warum sollte ausgerechnet das Symbol eines Schlüssels dem Benutzer eines Türöffnerknopfes sagen, dass sich beim Betätigen die Tür öffnet? Wenn man schon etwas hätte abbilden müssen auf dem Türöffnerknopf, so höchstens eine geöffnete Tür, nicht aber einen Schlüssel, man schließt die Tür ja nicht ab, indem man den Knopf drückt, sondern man öffnet sie. Ich denke aber, dass mir solche Gedanken immer nur kommen, wenn ich mich von etwas ablenken will, in diesem Fall kamen mir die Gedanken, um mich vom Geräusch seiner schlurfenden Schritte abzulenken, mir kamen die Gedanken, weil ich nicht wahrnehmen wollte, was ich immer wahrnehmen muss, wenn er mich besucht, nämlich die langsame, stiefelnde, die Ankunft geradezu absichtlich hinauszögernde Schrittfrequenz, die seine Lammlederschuhe auf den Holzstiegen machen. Dann sah ich ihn. Er trug wie immer einen Anzug. An diesem Tag einen braunen Anzug, den ich noch nie an ihm gesehen hatte. Er zählt ohne Zweifel zu den Männern, die Anzüge tragen können. Die Hosen nicht zu eng geschnitten, eine adrette Weste, die man unterm geöffneten Jackett erkennen konnte, die Krawatte nicht von einer Krawattennadel festgemacht, sondern unter die Weste gesteckt, glücklicherweise, muss ich sagen, denn es war die gelbe, an Hässlichkeit nicht zu übertreffende Weihnachtsgeschenkkrawatte, die seine Mutter ihm im letzten Jahr geschickt hat und die selbstverständlich überhaupt nicht zu dem braunen Anzug passt. Während ich mich also in die Betrachtung des Anzugs verlor, hatte ich äußerlich bereits jenes Wäscheleinelächeln ins Gesicht gespannt, für das ich mich hasse, das aber für ihn nichts anderes bedeutet als: Willkommen. Ich bin sogar einen

Schritt zu ihm hinaus auf den Flur getreten, bin ihm sozusagen entgegengekommen, habe das Unvermeidliche nicht nur zu vermeiden versucht, sondern bin vorauseilend auf das Unvermeidliche zugelaufen, und das Unvermeidliche ist eine intime Berührung, eigentlich nichts weiter als eine unverbindliche Umarmung, die aber von Konrad jedes Mal schamlos ausgenutzt wird, indem er nicht nur seine kurzen, zigarrendicken Finger so in meinen Rücken klemmt, dass er für einen Augenblick durch die Bluse hindurch den Haken meines Push-ups ertastet, sondern mich auch so sehr an sich zieht, dass meine Brüste sich an seine Brust pressen. Bei der Umarmung roch ich sein Aftershave. Dem Riechen seines Aftershaves versuche ich immer zu entgehen, indem ich im Moment der Umarmung durch den Mund einatme, jetzt aber wurde ich von einem Bauchkrampf übelster Sorte erwischt, ich vergaß, die Nase zu schließen, roch sein Aftershave und war froh, eine Vorsichtsbinde in meinen Second-Skin-Slip gesteckt zu haben. Sein Aftershave, muss man sagen, riecht nicht schlecht. Es ist eine Mischung aus Kirsche, Erde, etwas Nass-Holzigem und einem leicht störenden Hauch von Gorgonzola-Käse. Aber dieser Geruch ist für mich unwiderruflich mit der Person Konrads verbunden, sodass ich, wenn ich den Geruch wahrnehme, sogleich in Alarmbereitschaft gehe. Ich trennte mich aus der Umarmung, immer noch lächelnd, nein, man muss sagen, grinsend – mein erster Freund hatte es, kurz vor der Trennung, auf den Punkt gebracht, als er sagte, ich kann dein blödes Grinsen nicht mehr sehen, und dieses Grinsen, so sehr ich mich auch bemühe, ist nur schwer aus meinem Gesicht zu wischen –, jedenfalls bat ich Konrad herein, und er setzte sich. Ich fragte ihn die übliche Frage: Willst du Tee? Ich frage ihn jedes Mal, ob er Tee will, obwohl ich genau weiß, dass er Tee hasst, manchmal frage ich auch, ob er lieber Früchtetee oder grünen Tee will, oder ich sage, ich habe gerade Tee gemacht, willst du einen mittrinken? Er schüttelt jedes Mal den Kopf und sagt, er trinkt keinen Tee, er trinkt lieber Kaffee. Dann gehe ich zur Maschine und bereite den Kaffee vor. Während die Kaffeemaschine läuft, fragt er mich im Gegenzug jedes Mal nach einem Aschenbecher. Er weiß, dass ich noch nie einen Aschenbecher besessen habe, und das ist seine geheime Revanche für meine Teefrage. Ich nehme eine Untertasse aus dem Schrank und stelle sie ihm hin. Dann raucht er. Ich schütte den Kaffee ein, kippe das Fenster und setze mich ihm gegenüber. Dieses letzte Hinsetzen ist wie der Gang aufs Schafott, denn ich weiß, was nun kommt. Er schweigt zunächst. Das Schweigen scheint für ihn nichts anderes zu sein als ein tiefes Luftholen, eine immense Vorbereitung, ein inneres Wortezurechtlegen. Ich erschrecke jedes Mal vor diesem Schweigen und hoffe, dass er so schnell wie möglich mit dem Reden beginnt, denn wenn er so schnell wie möglich mit dem Reden beginnt, wird das Reden umso schneller wieder enden, und außerdem hat sich im Lauf seiner Besuche mein Eindruck verfestigt, dass er umso länger redet, je länger er sich in vorbereitendes Schweigen hüllt. Er hat die Zigarette zu Ende geraucht. Er hat sie im Unterteller ausgedrückt. Sie kokelt noch. Ich möchte hingreifen und sie richtig ausdrücken, aber in diesem Augenblick

beginnt er zu reden. Er hat den Stuhl ein wenig zurück-
geschoben, sich zurückgelehnt und den linken Fuß
über das rechte Knie gelegt, sodass sein Schuh zu sehen
ist. Wir sitzen in der Küche. Ich kann ihn nicht ins
Wohnzimmer lassen. Einmal nur habe ich ihn ins Wohnzimmer gelassen, da ist er in meinem Wohnzimmer-
sessel so sehr versunken, dass er fünf Stunden geredet
hat, ohne sich zu bewegen, ohne aufzustehen. Seitdem
lasse ich ihn nur noch in die Küche, wo er meistens zwei
Stunden bleibt, höchstens drei. Wenn er zu reden beginnt, achte ich zunächst auf seine Stimme. Von Natur
aus ist seine Stimme dünn. Sie ist schmierig, schwam-
mig, piepsig, fisselig. Ich hasse seine Stimme. Sie bringt
den Raum durch eine Art religiösen Singsang in eine
Schwingung, die mich an meine Kindheit erinnert, eine
Kindheit, die sich abgespielt hat in einem protestan-
tischen Dorfgrab und über die ich nicht reden kann, nie
geredet habe, nicht, weil etwas Schreckliches vorge-
fallen wäre, sondern weil nichts geschehen ist in meiner
Kindheit, weil nur zähe, lange, endlos lange Jahre des
Nichtgeschehens an mir vorbeigezogen sind, weil,
wenn ich mich an meine Kindheit erinnern will, ich
mich an nichts erinnern kann, nicht aufgrund irgend-
welcher Verdrängungsmechanismen, sondern weil einfach überhaupt nichts geschehen ist, was der Erinnerung so wertvoll gewesen wäre, dass sie ihre Saugkraft
darauf gerichtet hätte. Manchmal wünschte ich mir, ich
hätte eine verhunzte Kindheit gehabt, eine Kindheit,
die man *aufarbeiten* kann, stattdessen aber gibt es in
meinem Fall nur ein Kindheitsloch, ein jahrelanges
Nichtgelebthaben, eine Kindheitsamputation. Konrads

Singsang ist wie ein nasskalter, sich endlos ziehender Kaugummifaden, der aus seinem Mund zirpt und sich um mich legt, mich regelrecht auf meinem Stuhl festwickelt. Ich werfe einen flüchtigen Blick zur Uhr, es ist jetzt zehn. Bis um eins, schätze ich, ist mein Leben nun vorgegeben. Bis um eins wird er hier sitzen und reden, und ich werde hier sitzen und zuhören oder zumindest so tun, als hörte ich zu, denn von Zuhören war noch nie die Rede. Es gibt feste Regeln. Ich weiß, dass ich ihn nur ein einziges Mal unterbrechen darf, und zwar, wenn ich zur Toilette muss. Bis es so weit ist, dauert es noch. Ich überschlage die Zeit. Halb zwölf, sage ich mir. Um halb zwölf werde ich zur Toilette gehen. Konrad redet von seiner Beziehung. Mit niemandem, sagt Konrad, könne er so gut über seine Beziehung reden wie mit mir. Überhaupt noch nie habe er mit jemandem so gut reden können, er kenne das nicht, sagt Konrad immer, er habe nur männliche Freunde in seinem Bekanntenkreis, da rede man über solche Dinge anders, mit mir aber könne er ganz unverblümt reden, und zwar über alles. Selbst über die intimsten Dinge. Sogar über Sexualität. Das liege zweifelsohne an unserer Vergangenheit, sagt er und blinzelt mir zu. Plötzlich rieche ich etwas. Das ist ekelhaft. Ich atme tief durch die Nase ein. Es riecht nach Scheiße. Ich schwenke meinen Blick durch die Küche, während Konrad weiterredet und sich eine Zigarette nach der anderen ansteckt, aber immer weiterredet, auch wenn die Zigarette zwischen seinen Lippen wippt, es scheint, als brauche er keine Pausen, kein Verschnaufen, es scheint, als setze die Atmung bei ihm aus, während er redet. Ich sehe plötzlich die Quelle des Gestanks. Es ist sein Schuh. Konrad ist eindeutig in Hundescheiße getreten und hat es nicht gemerkt. In den Rillen seiner Sohle klebt ein platt gedrückter Kackekeks. Von dort aus weht der Gestank zu mir. Er riecht es nicht. Jetzt spricht er von Heikes Paranoiaanfällen. Jedes Mal spricht er davon, dass Heike mitten in der Nacht aufspringt und schreit. Er muss ihr den Mund zuhalten. Da ist jemand im Garten, flüstert sie dann durch seine Handritzen hindurch, und er muss aufstehen, muss die Gartenbeleuchtung anschalten, muss sich irgendwas überwerfen, muss sogar sein Gewehr aus dem Waffenschrank holen – er ist Hobbyjäger –, muss, mit Gewehr bewaffnet, im Garten nachsehen, bis Heike sich wieder beruhigt. Wenn sie wüsste, dass Konrad hier ist, bei mir. Ich wage nicht, mir die Folgen des Wenn-Satzes auszumalen. Stattdessen beobachte ich seinen Schuh. Es ist etwas, das mich ablenkt. Wann immer er redet, suche ich nach etwas, das mich ablenkt. Ohne dass Konrad es merkt. Denn hinein zu mir, in meinen Kopf, kann er nicht. Er kann in meine Wohnung, das ja, nicht aber in meinen Kopf, und er kann auch nicht sehen, dass ich, während ich ihm scheinbar zuhöre und meine Augen auf ihn gerichtet sind, Kamerafahrten übe, also zum Beispiel gerade unter den Tisch tauche und mich seinen Beinen nähere. Von unterm Tisch nehme ich die Szene auf und bringe meine Augen weiter nach vorn, schwenke an seinem Bein hoch, an seinem Rücken, hoch zum Kragen, ich sehe ihn von hinten und im Fond mich selbst dort sitzen. Aber ich halte es nicht aus, mich selbst dort sitzen zu sehen. Ich höre das helle Wabern der Konradstimme, schwenke zum Fenster und sehe sofort den Jungen: Er läuft von links ins Bild, kommt zu der alten Kastanie im Hof, beugt sich, knickt zusammen und spuckt etwas aus, das dauert nur kurz, dann dreht er sich wieder und läuft aus dem Bild. In diesem Augenblick fällt die Kamera aus dem Fenster. Das passiert immer, wenn Konrad mir eine Frage stellt und mich mit der Frage zurückzwingt. Zwar habe ich nicht verstanden, *was* er gefragt hat, aber meine auf Standby geschalteten Ohren haben am Ton seiner Stimme erkannt, *dass* er gefragt hat und mich nun anschaut. Konrads wenige Fragen, die er in seine Monologe einbaut, sind allesamt mit Ja oder Nein zu beantworten. Meistens mit Ja. So auch jetzt. Er nickt bestätigt. Und erzählt weiter. Erzählt von den Eskapaden, die Heike sich leistet. Erzählt davon, wie sie ihn, Konrad, beinah mit einer Axt erschlagen hätte, als er einmal nicht wie angekündigt um zweiundzwanzig Uhr von einer Sitzung nach Hause zurückgekommen ist, sondern bereits um zwanzig Uhr und er, Konrad, vergessen hatte, Heike anzurufen, das heißt, vorzuwarnen und davon in Kenntnis zu setzen, dass er früher nach Hause kommen würde, und Heike hatte gedacht, dass es sich bei ihm, Konrad, um einen Einbrecher handelte, sodass sie ihm die Axt auf den Kopf geschmettert und ihn auch getroffen und damit aus dem Leben hinausbefördert hätte, wenn sie nicht glücklicherweise irgendwie am Garderobenständer oder sonst wo hängen geblieben wäre. Konrad hat mir die Geschichte schon viermal erzählt, zugehört habe ich nur einmal, geglaubt habe ich sie nicht. Auch jetzt kann ich wieder aus der Geschichte gleiten und mich auf meine Bauchschmerzen konzentrieren. Die werden heftiger. Eine Herde von Riesentieren zieht durch den Bauch, immer von rechts nach links, als sprängen sie links aus dem Körper und trotteten um ihn herum, um sich rechts wieder reinzubohren. Ich habe plötzlich das Gefühl, Konrad von meinen Schmerzen in Kenntnis setzen zu müssen, und lege mir die Hand unmissverständlich auf den Bauch. Diese Geste, denke ich, müsste doch reichen für eine Frage seinerseits, wenigstens eine Bemerkung, aber nichts, er hält sich weiter an seine Axtgeschichte, er hat kein Auge für die Kleinigkeiten, für die unscheinbaren Gesten. Plötzlich sehe ich Konrads Gesicht ganz nah vor mir, in Großaufnahme. Es ist ein erschreckendes Gesicht. Ein hässliches Gesicht. Mir wird schlecht, wenn ich daran denke, dass ich dieses Gesicht einmal geküsst habe, dass ich mich von diesen schwulstigen Lippen, die dick und aufgeplatzt sind wie zerkochte Würste, habe küssen lassen und dabei sogar so etwas wie Lust verspürte. Die Brille in seinem Gesicht ist eine Brille, von der man nicht glaubt, dass es eine solche Brille geben kann, wenn man sie nicht selbst gesehen hat. Damit meine ich nicht das altmodische Gestell, sondern den Dreck, der sich vom fetttriefenden Nasenhöcker auf der Brille abgelagert hat, ein unglaublich schmieriger Knös, den sich Konrad nie die Mühe gemacht hat, abzuschaben. Er trinkt den Kaffee schwarz. Ich stelle ihm nie Zucker hin. Er hat mehrere Male nach Zucker gefragt bei seinen ersten Besuchen, aber ich habe immer gesagt, Zucker sei das Tödlichste, Zucker vernichte die Zähne, den Insulinspiegel, das Herz und den Körper im Allgemeinen. Zucker komme mir nicht ins Haus. Dabei ist das gelogen. Ich habe immer genügend Zucker im Schrank. Doch ich kann nur rebellieren, wenn niemand es merkt. Redet er immer noch von der Axt? Er muss doch irgendwann die Axt-Geschichte zu Ende erzählt haben! Seit wie vielen Stunden höre ich immer noch dieses eine Wort: Axt? Ich sehe unauffällig zur Uhr und merke, dass so viel Zeit bislang gar nicht verstrichen ist. Er hat plötzlich meine Hand zwischen seinen zigarrendicken, kurzen Fingern. Er hält sie ganz fest. Er hat sich zu mir hinübergebeugt, ohne den Scheißeschuh zu bewegen, hat kurz aufgehört zu reden, hat die Hand gepackt wie ein Hund einen Knochen packt. Er spricht jetzt von Wahrsagern, von Handtellerlesern. Er breitet meine Hand aus, faltet sie auseinander, fängt an, die Linien auszupopeln, die er sieht, und ich muss ein Klopfen im Hals verschlucken. Er macht nun allerhand Bemerkungen über ein Esoterikbuch, das er gelesen hat. Keine Ahnung, wie er auf so was verfallen ist. Ich habe dafür keinen Sinn. Seine Hand fühlt sich pappig an. Nicht feucht, eher trocken, knirschend, rau, ich warte darauf, dass er meine Finger wieder freigibt. Das dauert eine Weile. Was wir beide nicht wissen: Heike ist auf dem Weg hierher. Sie sitzt in ihrem Auto. Sie hat einen Badmintonkoffer dabei. Im Badmintonkoffer befinden sich weder Badmintonschläger noch Sportklamotten noch Federbälle noch Turnschuhe. Meine Adresse kennt sie schon seit einem Tag. Sie kommt langsam näher. Jetzt sind anderthalb Stunden vergangen. Ich stehe auf und unterbreche Konrad. Ich sage ihm, ich muss ins Bad. Dort schaue ich in den Spiegel. Mein Problem ist, dass ich es nicht übers Herz bringe. Ich könnte ganz ruhig sagen, Konrad, bitte geh und komm nie wieder. Es wäre so einfach. Alles in Ordnung? ruft Konrad von draußen. Er ruft immer, alles in Ordnung? Immer, wenn ich eine Minute länger im Bad bin, als er es sich vorstellen kann. Ja, rufe ich zurück, alles in Ordnung. Ich öffne die Badezimmertür und gehe um ihn herum zu meinem Stuhl. Jetzt sagt er: Heike spricht in der Nacht. Einmal ist er schweißgebadet aufgewacht und aufgestanden und hat sich eine frische Pyjamajacke über den Kopf gezogen, und Heike hat gerufen: Mach ihn fertig, schlag ihn tot, die Sau! Heike hatte – wie sie am Morgen sagte – ihn und die Pyjamajacke für zwei miteinander ringende Männer gehalten, hatte aber nicht etwa Konrad angefeuert, sondern den anderen Mann. Konrad fragt mich, wie er aus einem solchen Menschen schlau werden soll? Einerseits die panische Angst vor Einbrechern. Andererseits feuert sie den Einbrecher im Schlaf an und hetzt ihn auf, gegen den eigenen Mann. Er hat keine Ahnung, sagt er, wie lange er es noch mit Heike aushalten wird. Jetzt spricht er wieder davon, wie Heike als Kind ihre eigene Mutter erhängt vorgefunden hat, die Geschichte ist alt, ich kenne sie, Heike, vier Jahre alt, zieht den Duschvorhang weg, ihre Mutter baumelt, ist traumatisch natürlich nicht von der Hand zu weisen, während meine eigene Kindheit, aber das sagte ich bereits. Heike ist nicht mehr weit von meiner Wohnung entfernt, steuert ruhig auf meine Wohnung zu, ab und an legt sie ihre Hand auf den Badmintonkoffer. Konrad spricht von Freundschaft. Er spricht von der Größe unserer Freundschaft. Er spricht davon, wie sehr er mich braucht. Wie froh er ist, einen Menschen wie mich zu haben. Aber die Art und Weise, wie er all das sagt, überzieht mich mit einer Schneckenspur des Ekels. Er sagt es beiläufig, während er raucht und mich nicht einmal anschaut dabei, er sagt es, während er die Asche abstreift und hustet, er sagt es, während er plötzlich zu schnüffeln beginnt und seinen Schuh leicht anhebt, endlich die Scheiße sieht und so tut, als sähe er sie nicht, er sagt es, während er den Fuß unter den Tisch stellt, und – ich höre es deutlich – mit leichten Schabbewegungen die Scheiße auf meinem Küchenboden abzureiben versucht. Heike steigt gerade die Treppen hoch zu uns. Sie geht langsam. Sie trägt den Badmintonkoffer. Sie ist ganz ruhig. Die Wohnungstür ist nur angelehnt. Heike öffnet sie, ohne Gewalt anzuwenden. Jetzt sehe ich sie. Ich kann aber nichts sagen, ich freue mich zu sehr, sie zu sehen. Und sie legt verschwörerisch den Finger auf die Lippen. Sie steht in Konrads Rücken. Der redet immer noch. Es ist jetzt Viertel nach zwölf. Heike hat den Badmintonkoffer auf den Boden gelegt. Sie hat sich die Ärmel hochgekrempelt. Sie tut alles sehr langsam. Ihr Mann hört sie nicht, weil er raucht und laut spricht. Er spricht gerade von seinen beruflichen Erfolgen. Er spricht davon, wie er in fünfundvierzig Minuten vier Geschäfte abgeschlossen hat, wie er mit links die Leute von den Stärken seiner Firma überzeugt hat, wie er im Handumdrehen die vier Geschäftsleute am Telefon geradezu überrumpelt und mit der Brillanz seiner Argumentation erschlagen hat, wie die vier überhaupt nicht mehr anders gekonnt haben, als seiner Firma den Zuschlag zu geben, in fünfundvierzig Minuten, sagt er, das müsse man sich vorstellen, er, Konrad, habe sich in einen regelrechten Verkaufsgesprächsrausch gesteigert, die anderen wären am Ende der Gespräche am Boden zerstört gewesen, so sehr, dass sie, allein um aus dem Gespräch herauszukommen, schon zugesagt hätten. Während Konrad all das erzählt, hat Heike in seinem Rücken den Badmintonkoffer geöffnet, hat aus dem Badmintonkoffer nicht etwa das Gewehr herausgeholt, wie ich vermutet habe, sondern die Axt. Sie ist Linkshänderin und führt das Beil mit der Linken, erschlägt Konrad sozusagen mit links, macht aber vor dem entscheidenden Schlag noch ein paar Atemübungen, geht sogar zweimal in die Beuge, ehe sie sich zu voller Größe aufrichtet und endlich die Axt mit aller Kraft auf den Konradschädel niedersausen lässt, sodass der Schädel sich in zwei Hälften spaltet, aber Konrad spricht einfach weiter, mit nach rechts und links kippenden Gesichtshälften spricht er weiter, es stört ihn nicht, dass die Brille beim Auseinanderkippen des eigenen Kopfes von seinem Gesicht flutscht wie ein gespanntes Einmachgummi, es stört ihn nicht, dass aus seinem gespaltenen Mund nun mit den Worten auch noch Blut fließt, und ich öffne die Lippen, ihm endlich zu sagen, was ich sagen will, sagen muss, unbedingt, doch da schaut er mich plötzlich an, stoppt den Fluss seiner Rede und fragt mich, wie es mir geht.

Von einem, der aufhört

Nachdem es fünf Wochen lang ohne Unterbrechung geregnet und ich die ganze Zeit über nur in meinem Zimmer gesessen und auf das Ende des Regens gewartet hatte, sprang ich vom Stuhl, als mich plötzlich ein Sonnenstrahl traf, riss das Fenster auf und sah hinaus. Von überall her war noch leises Tröpfeln zu hören. Der Hof begann leicht zu dampfen, als die Sonnenstrahlen schärfer wurden. Ich schloss das Fenster, nahm meine Jacke, steckte den Bleistift, der mir noch zwischen den Lippen baumelte, in die Tasche und verließ das Haus. Niemand sonst war zu sehen. In kurzer Zeit war es warm draußen, ich knöpfte meine Jacke auf und ging Richtung Park. In den Bäumen quietschten Vögel.

Ich bog um die Ecke und erblickte die Parkbank und gleichzeitig einen Menschen, der sich der Parkbank näherte, aus entgegengesetzter Richtung. Je schneller ich ging, umso weniger konnte ich darauf achten, was für eine Gestalt mir dort entgegenkam. Erst als ich nur noch wenige Schritte von der Bank entfernt und es nicht mehr zu übersehen war, dass wir beide gleichzeitig die Bank erreichen würden, erst da hatte ich ein Auge für die äußere Erscheinung des Mannes. Er war nicht groß, trug eine Sonnenbrille, eine karierte Wolljacke und einen Stock, der um seine Beine wirbelte, ohne den Boden zu berühren. Er hatte eine Glatze und ächzte, als er sich am einen Ende der Bank niederließ, während ich im selben Moment am anderen Ende Platz nahm. Er sprach nicht. Erwiderte meinen Gruß nicht. Hatte er mich überhaupt gehört? Er trug ein beiges, wie eine Weinbrandbohne geformtes Hörgerät. Es fiepte spitz, und er fasste hin, um es einzustellen. Er lehnte sich zurück und blickte zum Himmel. Er verharrte eine Weile so, ohne ein Wort. Etwas irritierte mich, vielleicht sein haarloses Gesicht, glatt rasiert waren Kinn und Wangen, kein noch so kleiner Stoppel zu erkennen. Hier, mitten in der Sonne, war es inzwischen so heiß geworden, dass ich die Jacke auszog und zwischen uns legte. Immer noch waren keine anderen Menschen aus den Häusern gekrochen, ich und er, dachte ich, allein auf der Bank, jeder am äußersten Ende sitzend, zwischen uns meine Jacke, die Sonne, die das Wasser von den Bäumen schlürft, Vögel, die aus dem Nichts zu schreien beginnen, und da fühlte ich mich plötzlich entsetzlich allein dort auf der Bank, ohne den gewohnten Betrieb im Park, nur mit dem Glatzköpfigen neben mir, nur er, dachte ich, nur er und ich, sodass mich die Lust anfiel, mit dem Mann ein Gespräch zu beginnen. Nur: Was ihm sagen? Wie sich ihm nähern?

Als hätte der Alte meine Gedanken erraten, war er es, der plötzlich von sich aus zu reden begann. Er sprach langsam. Er sei, sagte er, mit dem Wagen in der Stadt. Der Wagen stehe am anderen Ende des Parks. Er komme gerade aus Spanien. Er müsse noch dreihundert Kilometer fahren, bis er nach Hause komme. Er sei in Schwierigkeiten und wolle mich um einen Gefallen bitten.

Ich wollte ihn fragen, was ich für ihn tun könne, aber es gelang mir nur, den Anfang meiner Frage auszusprechen, da der Mann einfach weiterredete, als hätte er meine angebrochene Frage nicht gehört. Keine Unhöflichkeit, dachte ich, sondern Unvermögen, er hört schlecht oder kaum noch, und ich beschloss, ihn reden zu lassen, während ich den Kragen meines Hemds öffnete, denn die Hitze nahm stetig zu.

Da sei etwas passiert, sagte der Mann, als er, in der Nacht, knapp hinter der Grenze, Halt gemacht habe, um zu tanken. Er habe Benzin eingefüllt, sei ins Kassenkiosk gegangen und habe gezahlt. Wieder draußen, sagte der Alte, seien zwei Männer auf ihn zugekommen. Er habe nicht verstehen können, was die beiden gerufen hätten. Sein Gerät, sagte er und deutete auf das Ohr, an dem die Weinbrandbohne klebte.

»Die beiden Männer«, fragte ich, »was war mit ihnen?«

Der Alte schwieg. Ich wiederholte meine Frage, ein wenig lauter. Er überhörte sie und redete weiter. Aber er sprach nun nicht etwa über die Männer an der Tankstelle, sondern vielmehr über jenes Gerät, das ihn seit Jahrzehnten, wie er sagte, vor ungeheuren Schmerzen bewahre. Diese Schmerzen, sagte er, habe er erstmals vor dreißig Jahren verspürt, auf einer Abendgesellschaft. Damals habe er eigentlich nur in Ruhe dastehen und Champagner trinken wollen. Plötzlich aber sei jemand, den er gar nicht gekannt habe, auf ihn zugekommen, habe sich neben ihn gestellt und ihn gefragt, in welcher Branche er tätig sei. Da habe ihn der schreckliche Schmerz zum ersten Mal in die Knie gezwungen.

Der Alte machte eine Pause. Ich blickte zum Himmel und sah, dass die Sonne nun ihre ganze Kraft herunterwarf, als hätte sie fünf Wochen lang die Hitze gespeichert, um sie nun, an diesem einen Tag, sinnlos zu verschleudern. Was jetzt mit den beiden Männern sei, die sich ihm nach dem Tanken genähert hätten, versuchte ich zu fragen, laut. Und als er nicht reagierte, schrie ich, er müsse sein Hörgerät anders einstellen. Das Hörgerät hatte wieder zu fiepen begonnen, aber der Alte schien es nicht zu merken, sondern sprach weiter und beschrieb unverdrossen den Schmerz, den er verspürt hatte, damals. Er redete davon, wie er nach jenem Satz des unbekannten Mannes, gekrümmt an der Wand hockte, bis ins Innerste erschrocken, weil er sofort wusste, was genau den Schmerz ausgelöst hatte. In welcher Branche?, war er gefragt worden. Wie oft hatte er diese Frage schon gehört? Wie oft hatten ihn Menschen, die er nicht kannte, auf Dinnerpartys und Gesellschaften gefragt, was er mache, welchen Beruf er ausübe? Wie oft hatte er diese Frage schon beantworten müssen? Damals stürzte er zur Tür hinaus, ins Freie, und erbrach sich in den Gartenteich, ehe er zusah, wie die Goldfische fraßen, was er ausgespuckt hatte.

Das müsse er mir erklären, rief ich. Der Alte hustete eine Weile. Ich hatte so laut geschrien, dass ich mich unwillkürlich umdrehte, um zu sehen, ob vielleicht jemand auf uns aufmerksam wurde, aber immer noch war es menschenleer im Park. Als der Alte weiterredete, griff ich in meine Jackentasche, zog meinen Bleistift heraus und schob ihn mir in den Mund.

Die Schmerzen blieben. Sie stellten sich ab sofort ein,

wann immer der Glatzköpfige Worte hörte, die er schon einmal gehört hatte, wann immer irgendjemand etwas sagte, das schon einmal in seiner Gegenwart gesagt worden war. Und wenn er sich auch in den meisten Fällen nicht mehr daran erinnern konnte, wann und wo und von wem das, was er hörte, schon einmal gesagt worden war, so traf ihn doch stets der Schmerz als sicheres Anzeichen dafür, *dass* er es schon einmal gehört hatte. Als der Alte dies sagte, sah er ein wenig in meine Richtung, flüchtig zwar, aber immerhin erkannte ich einen Blickansatz zwischen den Lücken seiner Sonnenbrille. Alles, sagte er nun, er habe alles versucht, gegen die Schmerzen anzugehen, er habe keine Party gemieden, er sei überall hingegangen, wo es vor Floskeln nur so wimmelte, er habe auf die Zähne gebissen und jede Begrüßungsformel kalt lächelnd über sich ergehen lassen, er sei keinem Wettergespräch, keiner Befindlichkeitsfrage ausgewichen, er habe sich gesagt, du musst dich dem stellen, du kannst nicht davonlaufen, du bist ein Mensch, als Mensch bist du auf Gesellschaft angewiesen, du brauchst sie, die anderen, sieh es ihnen nach, wenn sie ständig dasselbe sagen, wenn nichts Neues aus ihren Lippen quillt, nur der eigene Brei des schon Gesagten, des schon Abgehakten. Aber auf einmal, fuhr der Glatzköpfige fort, stellten sich die Schmerzen auch ein, wenn er selber sprach, wenn er selber etwas sagte, das er bereits irgendwann einmal irgendwem gesagt hatte, wenn er also berichtete, in welcher Branche er tätig sei, wenn er zum x-ten Mal erzählte, dass er zwar einen Beruf erlernt habe, diesen aber nicht auszuüben brauche, da sein Vater über ein solch enormes Vermögen verfüge, dass er, der Sohn, es als einziges Kind in zehn Leben nicht würde verprassen können. Und schließlich, sagte der Glatzköpfige, habe sein Vater ja nur für ihn gelebt, nur für ihn, habe er immer betonen müssen, sei das Vermögen seitens des Vaters erwirtschaftet worden: Es lag nur für ihn auf gesicherten Konten im Ausland, in Aktiendepots an den Börsen, in Hotels, Häusern, Firmen, nur für ihn lag da diese unvorstellbare Zahl, die darauf wartete, dass sein Vater starb, um endgültig seine eigene Zahl zu werden. All das, so der Glatzköpfige, habe er nicht mehr erzählen können, ohne Schmerzen zu empfinden. »Und«, rief er, »wenn man mich nach dem fragte, was ich beruflich tat, musste ich mich zum Bankier machen, zum Juristen, zum Arzt, zum Jockey, ich wurde alles auf einmal, jeden Tag eine andere Gestalt, nur nicht dasselbe erzählen, denn dasselbe erzählen tat weh.« Er sei erleichtert gewesen, als sein Vater starb, sagte er, denn nach der schmerzvollen Beerdigung, bei der er fast zusammengebrochen sei, (da über zweihundert Kondolanten an ihm vorübermarschiert und stets mit selber Trauermiene dieselben Worte geflüstert hätten), nach der Beerdigung also habe er endlich das getan, was ihm als einzige Möglichkeit geblieben sei, er habe sich zurückgezogen, habe fortan in einem abgelegenen Ort gelebt, das angesammelte Geld ausgegeben, mit niemandem gesprochen, zu groß sei seine Angst vor Abgegrastem gewesen, nein, stattdessen habe er studiert, Bücher gelesen, immer Neues, Unverbrauchtes, Dinge, die ihn eigentlich überhaupt nicht interessierten, Elektronik, Informatik, Astronomie, Physik, Hauptsache, neue Wörter, Hauptsache, unbekannte Kombinationen. Und wenn ihn plötzlich, in seiner Einsamkeit, das natürliche Bedürfnis überkommen habe, mit Menschen in Kontakt zu treten, so sei er den Menschen nur bewaffnet gegenübergetreten.

»Bewaffnet?«, fragte ich.

Bewaffnet, fuhr der Glatzköpfige fort, bewaffnet mit jenem Hörgerät, das er seit seinem fünfunddreißigsten Lebensjahr trage, wann immer er sich in Gesellschaften bewege, in denen er Gefahr laufe, angesprochen zu werden. Es sei ein ganz spezielles Hörgerät, eigentlich gar kein Hörgerät, vielmehr ein Überhörgerät. Seine eigene Erfindung, sagte er, selber kreiert, ein Überhörgerät, das ihm einen wunderbaren Ton ins Ohr male, keine Musik, nur einen Ton, der ihn in eine innere Ruhe führe, die ihn alles um ihn her ertragen lasse, ein Ton, der vor allem für eins sorge: dass er nichts von dem verstehe, was die anderen ihn fragten, dass er nichts von dem höre, was er selber antworte. »Und nun«, fuhr er fort, »komme ich gerade aus Spanien, und auf der Rückfahrt, wissen Sie, ist mir geschehen, was mir noch nie geschah, man hat mich, es war nachts, kurz hinter der Grenze, auf heimischem Boden, ich war gerade tanken und kam zurück vom Bezahlen, da hat man mich, na ja, schlicht und einfach, ich denke, das nennt man ausgeraubt, das waren zwei Männer, die da standen, es war dunkel, und sie werden mir wohl befohlen haben, mein Geld rauszurücken, ich verstand sie nicht, da ich vor dem Tankstellenbesuch mein Überhörgerät eingeschaltet hatte, doch war ja leicht ersichtlich, was sie wollten, ich gab ihnen alles, was ich bei mir trug, sie wollten wohl auch den Schlüssel zu meinem Auto, auf das sie zeigten, ich suchte ihn überall, aber ich fand ihn nicht, und die Männer wollten gerade anfangen, mich, nun ja, ich denke, zu schlagen, da ließen sie plötzlich von mir ab, flohen zu ihrem eigenen Auto und fuhren davon. Ich drehte mich um und sah, dass der Tankwart aus dem Tankstellenhäuschen getreten war und mit meinem Schlüssel winkte. Ihr Schlüssel, wird er wohl geschrien haben, Sie haben Ihren Schlüssel liegen lassen! Ich fuhr weiter«, sagte der Glatzköpfige, »bis der Morgen anbrach und ich merkte, dass die Tankanzeige sich dem Ende neigte, ich verließ die Autobahn, rollte in dieses Städtchen bis vor den Park, hier stieg ich aus und hoffte, jemanden zu finden, der mir helfen könnte, denn sehen Sie, das Geld ist weg, die Brieftasche, meine Kreditkarten, alles. Ich brauche«, fuhr der Glatzköpfige fort, »Geld für eine Tankfüllung. Ich verspreche Ihnen, das Geld sofort zehnfach wieder zurückzuschicken, wenn Sie mir Ihre Adresse geben.«

Ich merkte, wie ich, erschöpft, etwas mechanisch, den Geldbeutel herauszog. Ich nahm zwei Zehner und meine Visitenkarte, deutete auf sein Überhörgerät und forderte ihn durch Gesten auf, es abzuziehen, damit ich ihm endlich die Fragen stellen konnte, die mir auf der Zunge brannten, doch der Alte nahm mir das Geld aus der Hand, steckte es ein, bedankte sich kurz, fast missmutig, stand auf, ohne seine Sonnenbrille abzunehmen, murmelte »Zwanzig Kröten«, ein wenig verächtlich fast, »zwanzig Kröten, für so 'ne Geschichte«, und ließ mich auf der Bank zurück, den Bleistift abgenagt zwischen den Zähnen.

Das große O

Am Vorabend des schriftlichen Philosophieexamens tigerte ich durchs Zimmer und versuchte, meine Prüfungsangst aus dem Kopf zu scheuchen. Ich redete mir ein, auf zwei von drei Themen gut vorbereitet zu sein. Nur beim dritten Thema, bei der Leibnizschen Monadologie, sah ich Schwächen, um nicht zu sagen, Verständnislücken. Ich nahm Baldriantropfen und trank ein Glas Rotwein, um müde zu werden, aber ich wurde nicht müde. Ich verließ mein Kochnischenzimmer und machte einen Spaziergang. Schon neun Uhr, die kühle Luft tat mir gut, es war eine Nacht im Juni, den ganzen Tag über war es ungewöhnlich heiß gewesen. Ich blieb unter einem Baum stehen, blickte hoch und dachte an das Wort großkronig. Irgendwo hatte ich in den letzten Tagen gelesen, dass pro 600 m² bebauter Fläche je ein großkroniger Baum gepflanzt werden müsse. Ich verfluchte mich: Immer das Unwichtigste, immer das, worum es nicht ging, immer das Beiläufigste, das Uninteressanteste, das, was keinem Menschen irgendwas nutzte, immer nur das konnte ich mir haargenau merken; alles andere aber musste mühsam erworben und auswendig gelernt und mit höchster Konzentration in den Kopf gestopft werden, und trotzdem fiel dabei das meiste durchs Sieb. Als ich wieder im Zimmer saß, schenkte ich mir ein zweites Glas Wein ein. Ich versuchte, mich zum Schlafen zu zwingen, und kippte den Wein wie ein Schlafmittel. Es stellte sich keine Wirkung ein. Im Gegenteil: Ich hätte Bäume ausreißen können. Groß-kronige Bäume. Als ich im Bett lag, konnte ich die Augen nicht schließen, ohne mich am morgigen Tag in diesem abgekanzelten Raum zu sehen, aus dem es kein Entrinnen gab, mit weißem Papier, vor dem ich nicht weglaufen konnte. Ich sprang wieder auf. Außerdem, dachte ich, musst du noch die Wecker stellen. *Die* Wecker, denn ich wollte mich auf keinen Fall auf einen einzigen Wecker verlassen. Ich besaß einen elektrischen Radiowecker und einen batteriebetriebenen Ticktack-wecker. Da für mich aber das Ticktack eines Weckers im Schlaf unerträglich ist, dämpfte ich das Geräusch dadurch, dass ich den Wecker mit einem Kissen be-deckte. Ich stellte beide Wecker auf sechs Uhr dreißig. Dann zwang ich mich ein weiteres Mal ins Bett. An Schlaf war nicht zu denken. Mein Herz glich Maschinen-gewehrfeuer, ich vergrub das Gesicht in den Händen, es half nichts: Sobald ich im Bett lag, wurde ich noch wacher, als ich eh schon war, sobald ich das Licht aus-knipste, wurde die Dunkelheit zu einer Flüssigkeit, in der ich keine Luft mehr bekam, und nur wenn ich wieder aufstand und Licht machte, wurde meine Brust zumin-dest ein bisschen aus dem Schraubstock gedreht. Erst um halb sechs überfiel mich jähe Müdigkeit, ich dachte kurz daran, dass diese schlimmste aller Nächte bald vorüber wäre, der Augenblick der Entspannung legte eine Decke aus festem, traumlosem Schlaf auf mich: Ich war sofort weg. Wenigstens eine Stunde noch, war mein letzter Gedanke, ehe mich der Schlaf in die Tiefe riss.

Ich erwachte um elf.

Zunächst hatte ich nur das Gefühl, dass etwas nicht stimmte. Die Leuchtanzeige meines Radioweckers blinkte. Durch die Ritzen der Jalousien drang hellstes Tageslicht. Ich griff zur Armbanduhr: elf. Mit einem Schlag war alles wieder da. Ich schnappte wie ein Klappmesser aus dem Bett. Ich schüttelte die Uhr, aber es war sinnlos, die Zeiger fielen nicht zurück in eine frühere Zeit. Ich griff zum Ticktackwecker: Er war unterm Kissen umgekippt und stehengeblieben in der Nacht. Er zeigte breit grinsend zehn vor drei an. Erst später kapierte ich, dass die Batterie leer war. Der Radiowecker blinkte immer noch hämisch, an aus, an aus, irgendwelche wirren Zahlen. Ich lief zur Küchenuhr: elf. Ich riss die Jalousien hoch: Elf-Uhr-Helle, Elf-Uhr-Geräusche. Jetzt nur nicht die Ruhe verlieren, dachte ich. Die Prüfung war erst um halb eins zu Ende. Wenn ich sofort losstürmte, bliebe mir noch gut eine Stunde, um zu retten, was zu retten war. Nie habe ich mich schneller angezogen, ungewaschen, ungeduscht, nie bin ich schneller aus dem Haus gestürmt, lief durch die Fußgängerzone Richtung Uni, die letzten Meter in mörderischem Tempo, durch die Säulen des hässlichen Neubaus ins KG 2, die Treppen hoch, ich sah den Prüfungsraum vor mir, hielt kurz an, atmete durch, zwanzig nach elf. Noch blieben mir siebzig Minuten. Ich betrat schwer atmend den Raum und zog sämtliche Blicke der Mitgeprüften auf mich, als ich durch das Spalier der Bänke ging, den Ausweis zückte, ein Kopfschütteln des Aufsichtsbeamten erntete und zu meinem Tisch gewiesen wurde, wo die Aufgabe mit der

einen, entscheidenden Frage lag, die ich nun zu beantworten hatte.

Ich saß einen Augenblick vor dem Blatt und war voll
Hoffnung und Trotz. Jetzt erst recht!, dachte ich und
betete, den Namen Heidegger unterm Blatt vorzufin-
den, denn wenn ich den Namen Heidegger vorfände,
könnte ich einen brillanten, quasi auswendig gelernten
Vortrag einfach so aufs Papier sprudeln, und ich wusste,
wenn ich eins konnte, dann war es Schnellschreiben.
Meine letzte Chance: in fünfundsechzig Minuten all das
aufs Papier zu knallen, wofür ich eigentlich vier Stunden
Zeit gehabt hätte. Heidegger, dachte ich, Heidegger,
bitte, eine Frage zu seiner Freiburger Antrittsvorlesung
Was ist Metaphysik? Ich hätte sofort losgelegt. Über
die Hineingehaltenheit ins Nichts. Hätte beschreiben
können, wie wir Menschen uns verlieren an belanglose
Sachen, wie wir uns zumüllen mit allem möglichen
Zeug, das nichts mit uns und unserem eigentlichen
Leben zu tun hat, und wie wir unsere Zeit damit verbringen, Dinge zu tun, die etwas ganz anderes darstel-
len als das, was wir wirklich wollen, wie wir uns an
Äußerlichkeiten und Sicherheiten klammern, und wie
wir uns Stunde um Stunde ablenken, uns etwas vor-
machen, uns einen oberflächlichen, gemütlichen und
perfekten Platz im Leben schaffen. Anschließend hätte
ich jenen Augenblick beschrieben, in dem wir endlich
zu uns selbst finden könnten: Einbruch, Abgrund:
Keine Beschäftigung, keine Zerstreuung greift mehr, es
gibt nur noch den einzelnen Menschen, ganz allein,
zurückgeworfen auf sich selbst, begleitet von einem
Gefühl, das durch die Innereien zittert wie eine dunkle

Schlange, die langsam ihren Zahn zeigt: rettungslose Angst: Einblitz in das, worauf das Leben zwangsläufig hinausläuft: das eigene Ende. Und ganz, ganz kurz steht uns vor Augen, worum es eigentlich geht, wer wir sind, was wir wollen und was wir alles tun könnten. Dann ist es auch schon vorbei. Die Angst ist nicht lange auszuhalten. Das, was wir sehen, brennt so stark, dass wir die Augen schließen müssen. Das Existenzgewitter ist vorüber, wir sind zurück in der Zerstreuung, die vielen Möglichkeiten, die vor uns lagen, zerbröckeln. Spöttisch schauen wir auf den Augenblick zurück, der unser Leben wie ein Blitzschlag zerrissen hat, und sagen uns: Ja, wovor habe ich denn gerade Angst gehabt? Da war doch gar nichts! Ohne es zu wissen, haben wir recht: Das Nichts ist da gewesen. Und so leben wir alle in der Hineingehaltenheit ins Nichts.

Ich zog den leeren, linierten, mit dem Universitätssiegel bestempelten Prüfungsbogen zu mir und schrieb meinen Namen in das dafür vorgesehene Kästchen. Hielt den Stift wie einen Revolver zum Schnellschuss bereit. Dann drehte ich das Blatt mit der Prüfungsfrage um: Stellen Sie die Leibnizsche Monadologie in ihren Grundzügen dar und nehmen Sie kritisch Stellung. Von diesem Augenblick an war ich wie in Gips gegossen. Leibniz, dachte ich, und mein Stift in der Hand bewegte sich keinen Zentimeter. Ich redete mir Ruhe zu. Ich versuchte, die Absurdität der Situation von mir zu schütteln und alles aus dem Hirn zu pressen, was ich zu Gottfried Wilhelm Siegfried Theodor Leibniz wusste, oder wie auch immer seine tausend Vornamen sein mochten, die mir nicht einfielen. Es war nichts mehr da. Tabula rasa. In meinem Kopf blankes Papier. Wesensgleich dem Papier, das vor mir lag. Mehr als eine halbe Stunde muss ich in katatonischer Erstarrung vor dem leeren Blatt gesessen haben. Dann blickte ich auf die Uhr. Noch zwanzig Minuten. Jetzt löste sich die Spannung. Ans Schreiben war nicht mehr zu denken. Ich beobachtete meine Mitgeprüften. Einige von ihnen kritzelten wie im Rausch, ich sah förmlich die Tinte von ihren Papieren spritzen, sie hatten sich in die Beantwortung der Frage verbissen wie hochgezüchtete Pitbulls, ein schrecklicher Anblick. Andere blieben etwas ruhiger, überlegten stiftnuckelnd und quetschten dann das Resultat ihrer Überlegungen sorgsam aufs Papier. Wieder andere sahen kurz zu mir. Da lag ein mitleidiger und fragender Blick in ihren Augen, ehe sie sich wieder der eigenen Arbeit zuwandten. Doch hinter diesem mitleidigen und fragenden Blick tauchte ein unsichtbares Lächeln auf, eine Ecke Schadenfreude, ein Jägergrinsen, und ich las ihre geheimen Gedanken: Gut, dass *mir* so was nicht passiert, dachten sie, gut, dass *ich* es schaffe. Plötzlich sah ich mich selbst vollkommen nackt und entblößt dort sitzen. Ja, sie hatten recht, ich würde es nicht schaffen, ich würde die Prüfung versauen, ich hatte sie schon versaut, es wurde Zeit, es mir einzugestehen. Mir würde nichts anderes übrigbleiben, als ein leeres Blatt abzugeben. Doch blieb ich sitzen. Mir tropfte ein Schweißperlchen aufs Blatt. Ich beobachtete genau, wie das Papier mein Wasser aufsaugte. Und? würde man mich fragen, wie war die Prüfung? Ich konnte mir keine Antwort ausmalen. Es gab nichts mehr, das ich hätte sagen können. Es gab nichts mehr, das ich hätte tun können.

Es gab nur noch das Papier mit dem langsam trocknenden Tropfen. Ich dachte, ich würde jetzt gern über meinen Schweißtropfen schreiben. Über mich. Über meine Hilflosigkeit. Über die letzte Nacht. Diese Nacht, dachte ich immer wieder. Diese Nacht. Diese Horrornacht.

Doch der Augenblick kippte um und löste sich auf. Was zurückblieb, war ein regelrechter Hass auf meine abwesenden Prüfer. Immer tiefer wühlte ich mich in diesen Hass hinein. Alles in mir schrie danach, ihnen diese Quälereien heimzuzahlen, die sie über mich gebracht hatten. Am liebsten, dachte ich plötzlich, am liebsten würde ich ihnen mit dem nackten Arsch ins Gesicht springen. Ein originellerer Gedanke kam mir damals nicht. Und tatsächlich malte ich nun mit immensem inneren Grinsen und verzweifelter Befriedigung einen riesigen nackten Arsch auf den Prüfungsbogen. Aber ich kam nicht weit. Ich konnte nicht mal den großen, äußeren Kreis zu Ende zeichnen, denn kurz bevor der Kreis sich schloss, sprang der Aufsichtsbeamte wie von der Feder geschnellt vom Stuhl und brüllte in bester Polizeifilmmanier: »Stifte fallen lassen!« Ich war so erschrocken, dass mir tatsächlich der Stift aus der Hand fiel. Von Traurigkeit getragen, schwamm ich aus dem Prüfungsraum nach Hause und fand im Briefkasten einen roten Zettel der Stadtwerke, der sämtliche Anwohner darauf aufmerksam machte, dass am heutigen Tag, zwischen sechs und acht Uhr morgens, der Strom abgestellt werde, aufgrund dringend nötiger Kabelerneuerungsmaßnahmen. Ich grunzte nur schwach.

Vier Wochen später erhielt ich einen Anruf vom Professor. Ihre Klausur!, sagte er und hustete. Ich blieb stumm und erwartete mein Todesurteil. Die Klausur, sagte er, habe für Furore gesorgt. Ich stöhnte gequält. Im Gegensatz, sagte mein Professor, zum rein auswendig gelernten und reflexartig abgelassenen akademischen Lehrbuchwissen, das meine Kommilitonen in einfallsloser und nachplapperischer Manier von sich gegeben hätten, habe meine Klausur durch »Originalität, Knappheit, Sicherheit und Präzision« derart aus dem Haufen der übrigen Arbeiten herausgestochen, dass man vorhabe, sie in der *Philosophischen Rundschau* zu veröffentlichen. Ich schwieg und kratzte mir das Ohr. Später las ich im Gutachten: »Mit größtmöglicher Ökonomie ist es dem Kandidaten gelungen, in nur einem einzigen Buchstaben, dem großen O, die gesamte Leibnizsche Monadologie darzustellen, die Fensterlosigkeit der Monade und die Geschlossenheit des monadischen Systems. Gleichzeitig hat der Kandidat kritisch Stellung bezogen, indem er durch das Offenlassen einer Lücke die Geschlossenheit des Monadenhaften in Frage stellte und somit das monistische System einem Einbruch von außen und der Möglichkeit der Dualität Einlass gewährte. Zu betonen sind der Mut, die Radikalität und die Nachdrücklichkeit, mit der die Gedanken auf ein Minimum reduziert und dadurch kristallisiert und zum Funkeln gebracht wurden.« Das verlockende Angebot, beim weltbekannten Freiburger Leibniz-Spezialisten Professor Doktor Johann Lichtenthal zu promovieren, lehnte ich ab, mit den Worten, ich hätte bereits alles gesagt, was es zu sagen gebe.

Im Séparée

Kurz nachdem Erwin Koller aus der Limousine steigt, setzt der Regen ein. Sein Chauffeur öffnet den Schirm und hält ihn über Kollers Kopf, während die beiden sich dem Restaurant nähern. Der Chauffeur wird halbseitig nass. Vor dem *Münsters* reagiert Koller mit knappem Kopfnicken, als der Chauffeur ihn fragt, ob er wie üblich in zwei Stunden wieder hier sein soll. Als Koller das Restaurant betritt, geht er ohne zu zögern Richtung Séparée, wird aber kurz vor dem kleinen Gang, der dorthin führt, von Evi, der Kellnerin, angesprochen.

»Herr Koller! Guten Tag. Es tut mir leid. Das Séparée ist heute bereits belegt.«

»Ich komm doch fast jeden Dienstag«, sagt Koller laut schnaufend. »Hat mein Sekretär Sie nicht angerufen?«

»Doch, doch. Es ist wohl unsere Schuld, Herr Koller. Etwas ist da durcheinandergeraten. Kurz nach dem Anruf hat Ihr Sekretär noch einmal...«

»Sie wissen doch, dass ich meine Ruhe haben will beim Essen.«

»Es tut mir leid. Wir...«

»Nach dem Essen will ich mit dem Maître sprechen.«

»Wie Sie wünschen, Herr Koller.«

»Und? Wer sitzt dort, im Séparée? Ach was, egal. Bringen Sie mich zu ihm.«

Noch ehe Evi etwas sagen kann, geht Koller den Gang hinunter, Evi überholt ihn, hält die Tür auf, schiebt den Vorhang beiseite, Koller tritt ein. Das Séparée ist etwa vierzig Quadratmeter groß. Zwei Fenster, die auf den Hinterhof gehen, tiefbraunes Parkett, ein Schrank zur Dekoration, Blumenarrangements, eine Holzdecke, ein breiter Tisch mit acht Stühlen. Am einen Ende der Tafel sitzt ein Mann Anfang vierzig. Volles Haar, schlank, groß gewachsen, Dreitagebart, liest Zeitung und hat dabei die Beine übereinandergeschlagen. Auf dem Stuhl rechts neben ihm steht ein Metallkoffer.

»Entschuldigung«, sagt Evi.

Der Mann knickt die Zeitung und schaut auf.

»Es hat da leider ein Missverständnis gegeben... Normalerweise speist in diesem Raum... also dienstags... Wir haben irrtümlich das Séparée...«

»Hören Sie auf zu stottern!«, ruft Koller.

»Darf ich Ihnen Herrn Koller vorstellen?«, sagt Evi.

Der Mann legt die Zeitung weg, steht auf, reicht Koller die Hand, und Koller schlägt ein.

»Storch!«, sagt der andere.

»Wie bitte?«

»Storch. Torge Storch.«

»Herr Storch«, sagt Evi, »ob es wohl möglich wäre, dass Herr Koller an Ihrer Tafel gegenüber Platz nimmt? Eigentlich ist der Tisch hier, im Séparée, am Dienstag für ihn reserviert, und es gab heute...«

»Kein Problem«, sagt Torge. »Setzen Sie sich, Herr Koller.«

Koller nickt kurz zu Torge und murmelt dann in seinen Bart: »Mein Gott. Er kann ja nichts dafür.«

»Wie bitte?«, fragt Torge.

»Ich sagte, ich kann jetzt nirgendwo noch einen akzeptablen Alternativtisch finden. Karte! Aperitif! Einen Sherry! Den 68er!«

»Für mich dasselbe«, sagt Torge.

»Sie haben noch nicht bestellt?«, fragt Koller.

»Gerade erst gekommen.« Torge greift wieder zur Zeitung.

Erwin Koller dreht sich hin und wieder zur Tür um. Dann zieht er sein Notebook aus der Aktentasche, will es öffnen, mustert Torge misstrauisch, steckt das Notebook wieder ein, macht eine wegwerfende Geste. Jetzt sucht er etwas auf dem Tisch. »Wo ist meine Zeitung?«, ruft er nach hinten, als könne Evi ihn durch die Tür hindurch hören.

»Entschuldigung«, sagt Torge. »Die hier lag auf dem Tisch. Möchten Sie …?«

»Nein, lassen Sie nur. Ich warte.«

Evi bringt vorausschauend eine zweite Zeitung, die Karten und den Sherry. Sie wird begleitet von einer Bedienung, die Kollers Platz eindeckt. Koller und Torge sehen die Karten durch, Koller bestellt das Perlhuhn, Torge die Ente. Dann faltet Koller seine Zeitung auf.

Minuten vergehen.

Beide lesen.

Plötzlich lacht Torge auf und sagt, die Welt gehe unter. Als Koller ihn fragend anblickt, erzählt Torge von dem Interview im Wissenschaftsteil. In Genf, im CERN, beschleunigen sie kleinste Teilchen auf annähernd Lichtgeschwindigkeit. Bald werden dadurch Mini Black Holes entstehen, kleine Schwarze Löcher. Harmlos, sagt man, denn die sind so winzig, dass sie gleich wieder zerfallen. Und jetzt gibt dieser Rössler ein Interview im Wissenschaftsteil, ein Chaosforscher, der behauptet: Irgendwann wird zwangsläufig ein Schwarzes Loch entstehen, das nicht zerfällt. Wenn aber nur ein einziges Mal ein Schwarzes Loch bleibt und sich nicht wieder in Nichts auflöst, dann ist das gleichbedeutend mit dem Ende der Welt. So ein Schwarzes Loch verleibt sich alles ein, was in seiner Nähe ist, es wächst unaufhaltsam, es hört nicht eher auf zu wachsen, bis die ganze Welt vernichtet ...

»Wollen Sie jetzt Konversation machen?«, brummt Koller.

»Entschuldigung«, sagt Torge.

Beide lesen weiter. Nach zwei Minuten nimmt Torge die Zeitung plötzlich herunter, als sei ihm etwas Wichtiges eingefallen. »Erwin?«, fragt er.

Koller reagiert nicht.

»Erwin?«, wiederholt Torge.

Koller sieht ihn flüchtig über die Zeitung hinweg an. »Reden Sie mit mir?«, fragt er.

»Ich lese gerade hier ... Wirtschaft ... Sie sind doch nicht etwa ... Tut mir leid, wenn ich Sie belästige. Aber Sie sind doch nicht etwa *Erwin* Koller, ich meine, *der* Erwin Koller, Chef der Koller-Werke?«

»Haben Sie ein Problem damit?«

»Erwin Koller. Mein Gott. Ein Jahresumsatz von ...«

»Ich kenne meinen Jahresumsatz.«

»Und dann das!«

»Was meinen Sie?«

»Haben Sie ihn nicht gesehen?«

»Wen?«

»*Ihn!* Als Sie vorhin durchs Lokal gegangen sind?«

»Ja, wen denn?«

»Auf dem Weg hierher, ins Séparée?«

»Meinen Sie, ich schau mir die Leute an, die draußen in der Suppe stochern?«

»Waren Sie nicht verantwortlich für den Bankrott von Gronauer & Co., vor vier Monaten?«

»Was wollen Sie damit sagen?«

»Draußen«, sagt Torge, »direkt am Fenster, da sitzt er: Gronauer.«

»Das glauben Sie doch selber nicht. Der kann sich so ein Lokal gar nicht mehr leisten.«

»Doch, ich bin mir sicher. Gronauer, der Senior, mit Frau und Sohn. Also … mit dem … mit dem jüngeren Sohn … natürlich.«

»Woher wollen denn ausgerechnet *Sie* den Gronauer kennen?«

»Hab mal für ihn gearbeitet. Und auch sonst. Stand doch in jeder Zeitung. Zusammenbruch der Firma. Entlassung der Mitarbeiter. Selbstmord des älteren Sohns, also … des Geschäftsführers.«

Evi betritt das Séparée und stellt zwei Teller vor die Männer. »Ein kleiner Gruß aus der Küche«, sagt sie. »Ein mariniertes Wachtelherz an Safranjus. Dazu haben wir Ihnen heute einen besonderen Wein ausgesucht. Und zwar einen …«

»Jaja, ist schon gut!« Koller winkt ab. »Immer rein damit. Sagen Sie, Evi«, fragt Koller, »kennen Sie zufällig Herbert Gronauer? Von Gronauer & Co.?«

»Nein, tut mir leid«, sagt Evi und verlässt den Raum.

»Mensch«, sagt Torge, »seien Sie froh, dass er Sie nicht erkannt hat, Herr Koller.«

»Wer? Gronauer? Ich hab ihm sogar eine Entschädigung gezahlt.«

»Er hätte eine Szene gemacht.«

»Ich hab's freiwillig getan. Ich hab's getan, weil mir der Alte leidtat. Seinen ältesten Sohn zu verlieren. Das muss man verstehen. Zum Wohl.«

Sie trinken.

»Man konnte ja nicht damit rechnen, dass es solche Konsequenzen hat«, sagt Koller.

Torge reagiert nicht.

»Und Sie haben bei ihm gearbeitet?«, fragt Koller. Er hat die Zeitung weggelegt. »Bei Gronauer?«

»Ist schon lange her«, sagt Torge. »Hab mich selbständig gemacht, vor fünf Jahren.«

»Selbständig, so. Scheint ja gut zu laufen bei Ihnen, wenn Sie sich ein Essen im *Münsters* leisten können.«

»Kann nicht klagen.«

»Und? Wie heißt Ihre Firma?«

Torge legt jetzt ebenfalls die Zeitung weg. »Es gibt keine Firma«, sagt er.

»Wie darf ich das verstehen?«

»Ich-AG.«

»Was für ein Wort.« Koller schnauft verächtlich.

»Es läuft gut, ich hab Karriere gemacht«, sagt Torge.

»Was verkaufen Sie denn?«

»Ich verkaufe nichts. Ich … akquiriere.«

»Wie können Sie vom Akquirieren leben? Jemand, der akquiriert, muss auch verkaufen, um Gewinne zu erzielen.«

»Ich hab klein angefangen, wissen Sie, und mich dann hochgearbeitet.«

»Und? Was akquirieren Sie so?«

»Begonnen hab ich ganz harmlos. Schäm mich schon ein bisschen, wenn ich dran zurückdenke. Handtaschen und so, Sie wissen schon, im Park, am Bahnhof. Ist lange her. Dann kleinere Diebstähle, Einbrüche. Eine Waffe hab ich mir erst vor drei Jahren zugelegt, damit wurden die Dinge lukrativer. Natürlich auch Betrügereien, Schecks, Versicherungen et cetera. Aber ich hab noch Ziele. Man muss sich ja weiterentwickeln. Ein Bankraub, zum Beispiel, da will ich irgendwann mal hin. Oder eine Entführung, ja, warum nicht, eine Entführung.«

Koller hält den Atem an. Für Sekunden schauen sich beide an. Die Stimmung kippt. Koller legt langsam die Hände auf den Tisch.

Da lacht Torge plötzlich.

Koller stimmt nach einigen Sekunden erleichtert ein.

»Tut mir leid«, sagt Torge. »War nicht nett von mir. Ich wollte nur Ihr Gesicht sehen bei dem Wort Entführung! Sie müssen ja eine Heidenangst haben vor Entführungen. In Ihrer Position. Bei Ihrem Vermögen!«

»Sie haben einen teuflischen Humor, Herr Storch. Gefällt mir, Ihr Humor. Wenigstens sind Sie kein Duckmäuser. Duckmäuser kann ich nicht ausstehen.«

»Aber mal im Ernst«, sagt Torge. »Haben Sie keine Angst?«

Koller winkt ab. »Jetzt müssen Sie mir sagen, was Sie wirklich machen.«

»Das kann ich nicht.«

»Warum nicht?«

»Ist ein Geheimnis.«

»Sie machen mich neugierig.«

»Das würde kein so gutes Licht auf den Schuppen hier werfen.«

»Raus mit der Sprache. Ich dulde keine Geheimnisse.«

»Sie bringen mich in Verlegenheit.«

»Na, kommen Sie«, sagt Koller.

»Ich hab's dem Maître versprochen. Ich darf nichts sagen.«

»Mir schon. Ich werd schweigen wie ein Grab.«

»Aber auch nichts mehr essen.« Torge lehnt sich zu Koller hinüber und fügt hinzu: »Wenn ich's Ihnen verrate.«

»Raus damit!«

»Ich bin« – Torge dreht sich nach allen Seiten um und flüstert – »Kammerjäger.«

»Sie sind was?«

»Kammerjäger. Ich-AG. Insekten, Wanzen, Kakerlaken, Ratten und größere Tiere. Krieg dem Ungeziefer. Wo ich hinsprühe, wächst kein Gras mehr.«

»Was reden Sie da?«

»Es gab Kakerlakenalarm. Hier, im *Münsters*.«

»Ich glaub Ihnen kein Wort.«

»Sie haben versprochen, nichts zu verraten.«

»Kakerlaken?«

»Solche Dinger!«

»In der Küche?«

»Im Keller.«

»Und Sie haben sie vernichtet?«

»Ich hab meinen Job gemacht. Ja, denken Sie, ich

kann mir so ein Essen leisten? Im *Münsters*? Das geht auf Kosten des Hauses. Schauen Sie doch meinen Anzug an. Glauben Sie, ich würde so einen Anzug tragen und gleichzeitig im *Münsters* essen?«

»Kakerlaken!«

»Psst! Sie haben versprochen …«

»Schon gut. Aber wie kann ich denn jetzt noch was essen?«

»Ich hab Sie gewarnt. Sie wollten es ja unbedingt wissen. Aber ich kann Sie beruhigen. Die Viecher sind ausgerottet. Nichts mehr da.«

»Das heißt, das *Münsters* ist wieder sauber?«

»Sie sagen es.«

»Ich kann unbedenklich essen?«

»Können Sie.«

»Kakerlaken. Sie lügen doch.«

»Ich hab die Wahrheit gesagt. Kammerjäger: Das war schon immer mein Traumjob.«

»Traumjob!« Koller lacht.

»Ich hatte jahrelang Albträume. Ein Erlebnis aus der Kindheit. Hat mich nicht mehr losgelassen. Jahrelang.«

»Was war das?«

»Ich will Sie nicht langweilen.«

»Na, los!«, ruft Koller.

»Gut. Wie Sie wollen.«

Torge hat sein Wachtelherz aufgegessen, tupft sich den Mund ab, schiebt den Stuhl ein wenig nach hinten, schlägt die Beine übereinander und erzählt, während Koller zuhört, vom Schrottplatz seiner Kindheit und vom Tunnel direkt beim Schrottplatz und dass sie als Kinder immer draußen gespielt haben, auf den Feldern,

Stoppelschlachten, jeden Herbst nach der Ernte, und hinter den Feldern lag der Tunnel, und da, sagt Torge, hätten sie sich anfangs nie reingetraut, der Tunnel gehörte zum Schrottplatz, und auf dem Schrottplatz dieser Hund, ein riesiger, mörderischer Hund, aber irgendwann musste Torge da rein, eine Mutprobe für ihn, den Jüngsten. Die anderen hatten einen Fußball in den Tunnel geschossen, und den musste Torge herausholen, abends um acht, es war stockdunkel und Torge allein, nur mit Taschenlampe. Am Boden floss ein Rinnsal, schlammig, stinkend, es war still da drinnen, stickig, die Wände tropften, Torge rutschte aus und fiel hin. Sein Schrei warf ein Echo an die Wände, er rappelte sich auf, und dann hörte er sie. Zuerst nur ein Knistern, dann ein Knirschen, ein Knarzen, ein Pfeifen, ein Kreischen, es wurde lauter, er hatte keine Ahnung, was das war, erst die Lampe fing sie ein: Ratten. Nicht eine, nicht fünf, nicht zehn, es waren Hunderte, eine Armee, übereinander, durcheinander, aufgerissene Mäuler, spitze, scharfe Zähne, sie stürzten in Torges Richtung. Er wollte sich aufrappeln, doch schon waren sie da. Über ihm, neben ihm, unter ihm. Aber sie liefen nicht weiter, sie stürzten nicht raus, sie flohen nicht, nein, sie jagten ihm die Zähne ins Fleisch. Nur die Todesangst brachte Torge auf die Beine. Er schüttelte die Ratten ab. Er kroch raus, ohne Fußball. Aber das Schlimmste für ihn war, dass keiner ihm glaubte. Alle sagten: Ratten? Ratten tun so was nicht! Ratten greifen keine Menschen an! Alle sagten: Die haben nur Angst gehabt, die Ratten! Alle glaubten den Ratten. Keiner ihm. »Und deshalb«, so Torge, »wurde ich …«

In diesem Augenblick betritt Evi das Séparée, stellt die Teller vor den beiden ab und sagt: »Die Ente. Das Perlhuhn.«

Sie verlässt zügig den Raum.

»Kammerjäger«, flüstert Torge.

»Äh. Guten Appetit«, sagt Koller.

Beide essen eine Weile stumm. Koller lacht in sich hinein und schüttelt ab und zu den Kopf, als könne er nicht glauben, was er gerade gehört hat.

»Es ist eine Kunst«, sagt Torge mit vollem Mund, dabei schaut er Koller lange an.

»Was?«

»Das Töten. Eigentlich bin ich Künstler. Ich töte nicht nur. Ich nehme auch auf. Bevor sie sterben, machen sie Geräusche. Die Tiere. Das Ungeziefer.« Torge legt das Besteck ab, greift zu seinem Koffer, nimmt ihn auf den Schoß, öffnet ihn und holt ein Tonbandgerät heraus. »Hier! Mein Aufnahmegerät«, sagt er. »Hochsensibles Mikro. Nimmt alles auf. Noch den Todesfurz der kleinsten Wanze.« Er stellt das Gerät auf den Tisch.

»Sie sind ja verrückt«, sagt Koller.

»Nein, im Ernst, ich bin Künstler. Musikkünstler. Installationskünstler. Klang-Installationskünstler. Nennen Sie es, wie Sie wollen. Ich töte nicht nur. Ich nehme die Geräusche der Tiere auf. Bevor sie sterben.«

»Sie sind ja wahnsinnig.«

»Ratten pfeifen. Kakerlaken winseln. Spinnen fiepen. Wanzen keckern. Man kann es kaum hören. Das Ganze ergibt zusammen eine gigantische Symphonie des Todes. Haben Sie noch nie getötet? Na ja, zumindest indirekt doch schon, oder?« Torge stellt den leeren Koffer neben seinen Stuhl und schaut auf die Uhr. »Der älteste Sohn von Gronauer. Geschäftsführer von Gronauer & Co. Bankrott. Unmittelbar danach der Selbstmord. Fühlen Sie sich da nicht irgendwie …«

Koller legt das Besteck weg, er wird ernst: »Was wollen Sie damit sagen?«

Torge säbelt heftig an der Ente. »Ich will sagen …«

Da öffnet sich die Tür, und Gronauer senior tritt ein. Er trägt einen Anzug, die Haare ein wenig wirr, sein Gesicht ist rot, aufgedunsen. Dicht hinter ihm taucht der Kopf von Evi auf. Sie versucht, Gronauer zurückzuhalten.

»Sie können hier nicht rein«, ruft Evi. »Sie müssen …«

Gronauer reißt sich los, drängt sich in den Raum. »Lassen Sie mich. Ich will nichts Böses.«

»Was soll das?«, ruft Koller. »Wir essen. Wir … Gronauer?«

»Herr Koller«, sagt Gronauer.

»Gronauer! Das ist jetzt … Wir essen gerade.«

»Keine Bange«, sagt Gronauer. »Ich will mich nur ein Minütchen zu Ihnen setzen.«

»Wie stellen Sie sich das vor?«

»Essen Sie ruhig weiter, Herr Koller. Essen Sie. Lassen Sie sich nicht stören. Ich sitze einfach ganz ruhig hier und schaue Ihnen beim Essen zu. Mehr will ich nicht.«

»So gehen Sie doch.«

»Herr Koller, lassen Sie mich ein Minütchen hier sitzen. Wollen Sie mir das abschlagen? Essen Sie. Ich hab schon gegessen.« Jetzt blickt er zu Torge. »Sagen Sie: Kenn ich Sie nicht?«

»Storch. Torge Storch, mein Name. Hab mal für Sie gearbeitet. Ist lange her.«

»Kann schon sein«, sagt Gronauer. »Bitte, Herr Koller, essen Sie, mir zuliebe. Das ist die einzige Bitte, die ich habe. Ich hab Sie gesehen, wie Sie vorhin hier reingingen. Ich hab meiner Frau gesagt, ich will mich mal ein Minütchen zu ihm setzen. Meine Frau hat gesagt, ich soll Sie in Ruhe essen lassen, jaja, hab ich gesagt, ich lass ihn in Ruhe essen, ich will mich nur ein Minütchen zu ihm setzen und ihm beim Essen zuschauen. Sie waren nicht bei der Beerdigung?«

Koller, ganz ruhig: »Sind Sie gekommen, um mir Vorwürfe zu machen? Wenn Sie gekommen sind, um mir Vorwürfe zu machen, können Sie gleich wieder gehen. Ich habe mir nichts zu Schulden kommen lassen, Herr Gronauer. Ich habe korrekt gehandelt, Herr Gronauer. Ich habe nichts getan, was Sie nicht auch getan hätten. Was Sie nicht auch getan *haben*, Herr Gronauer. Als Sie noch Ihre Firma besaßen. Ich habe gesetzestreu gehandelt. Sie kennen die Gesetze, Herr Gronauer. Die Gesetze sind einfach: Wenn die Ampel auf Grün steht, gehe ich über die Straße. Wenn ich ein gutes Geschäft abwickeln kann, dann tue ich es! Und um ein gutes Geschäft abzuwickeln, darf ich nicht nach links oder rechts schauen. Um ein gutes Geschäft abzuwickeln, darf ich nur auf das Geschäft selbst schauen, auf nichts anderes. Sonst zerplatzt es, Herr Gronauer. Und wenn es zerplatzt, Sie wissen ja, was dann passiert. Das hat Konsequenzen, Herr Gronauer, unangenehme Konsequenzen. Mir geht es gut, ich kann nicht klagen, aber es geht mir nur deshalb gut, weil ich nicht nach rechts schaue und nicht nach links. Ich schaue immer nur geradeaus.«

»Sie haben recht, Herr Koller. Ja, Sie haben recht. Nein, nein, ich hab nichts gesagt. Ich sag ja gar nichts. Gar nichts. Ich bin ganz still.«

Koller isst weiter. Gronauer schweigt, beobachtet Koller beim Essen und tut sonst nichts. Koller blickt aus den Augenwinkeln immer wieder zu Gronauer. Plötzlich fällt ihm eine Kartoffel auf den Boden.

»Ihre Kartoffel, Herr Koller!«, ruft Gronauer.

»Lassen Sie sie liegen!«

»Hier. Ich hab sie schon. Hier. Bitte, Herr Koller, die kann man noch essen, man kann hier vom Boden essen, im *Münsters*, das ist picobello ist das, picobello.«

Torge hüstelt.

Koller blafft: »Hab da was anderes gehört.«

Gronauer: »Sie wollen die Kartoffel nicht mehr? Dann erlauben Sie.« Er schiebt sich die Kartoffel in den Mund. »Man soll nichts verkommen lassen.«

Koller, peinlich berührt, setzt das eine oder andere Mal an, zu Gronauer zu sprechen, schweigt aber und isst langsam weiter. Es verstreichen Sekunden der Stille.

Plötzlich sagt Torge zu Koller: »Soll ich Ihnen den Anfang meiner Symphonie vorspielen?«

»Was?« Koller ist irgendwie froh über die Ablenkung.

»Die Symphonie der Todesschreie«, sagt Torge und zeigt auf sein Tonbandgerät.

»Sie meinen das nicht ernst, oder?«, fragt Koller.

Torge drückt auf den Knopf: »Hören Sie zu.«

Man hört nichts.

Koller: »Ich höre nichts.«

Torge fragt Gronauer: »Und Sie?«

Gronauer deutet auf sein Hörgerät: »Ich hör sowieso schlecht.«

»Seien Sie still«, ruft Torge. »Jetzt!«

Alle horchen.

Man hört immer noch nichts.

»Das waren die Spinnen«, sagt Torge. »Das war der Chor der Spinnen.«

Koller murmelt: »Das glaubt mir kein Mensch.«

Gronauer wendet sich wieder zu Koller: »Sagen Sie, haben Sie niemanden erkannt? Draußen. Vorhin. Als Sie durchs Lokal gegangen sind.«

»Wen hätte ich erkennen sollen?«

»Es sind alle da.«

»Wen zum Teufel meinen Sie?«

»Müller-Schönbrunn, Hagen, Leuthäuser, Zieper, Cornelli und Seibert.«

»Was läuft hier eigentlich? Was haben Sie vor?«

»Nichts. Wir sind nur gekommen, um Ihnen Glück zu wünschen für Ihr Leben danach.«

Torge schaltet das Tonband ab, fragt erstaunt: »Alle? Sie sind alle da?«

»Alle«, sagt Gronauer. »Dort draußen.«

Koller ruft jetzt: »Was soll das heißen: *für mein Leben danach*?«

Torge: »Das hört sich ja an wie eine Liste Ihrer Bankrott-Opfer, Herr Koller.«

Koller wirft die Serviette auf den Tisch, macht eine Bewegung, als wolle er aufstehen, scheint es sich dann aber anders zu überlegen, legt die Serviette wieder auf den Schoß und isst ganz langsam weiter. »Ich weiß nicht, was Sie bezwecken«, sagt er, »aber ich habe mir nichts vorzuwerfen. Ein gutes Geschäft ist noch nie liegen geblieben.«

Koller kaut eine Weile und schluckt, und plötzlich redet Gronauer ohne jede Vorwarnung von der Beerdigung und dass es bei der Beerdigung nicht geregnet hat, obwohl er, Gronauer, sich so sehr Regen gewünscht hätte. Denn sein Sohn hat den Regen geliebt. Bei Regen ist er immer rausgelaufen, als kleiner Junge schon, man hat ihm hundertmal sagen können, bleib drinnen, wo es warm ist und trocken, du erkältest dich doch! Aber er ist trotzdem rausgelaufen in den Regen, wo er dann einfach nur dastand, klatschnass, egal, ob es kalt war oder nicht. Und jetzt? Kein Regen. Nichts. Trockene, öde, kalte Sonne. »Ach was«, sagt Gronauer. »Ist ja schon vier Monate her.« Er macht eine wegwerfende Geste, und dabei stößt er versehentlich die Kerze um. »Entschuldigung«, sagt Gronauer.

»Können Sie nicht aufpassen?«, ruft Koller.

»Muss man rausbügeln«, sagt Torge und stellt die Kerze wieder hin.

Koller: »Jetzt machen Sie mal keine Szene, Gronauer.«

Gronauer: »Das sind Zuckungen. Ich kann nichts dafür. Ich bin schon weg. Ich wollte nur ein Minütchen bei Ihnen sitzen. Ihnen Gesellschaft leisten. Ihnen beim Essen zusehen. Ich gehe wieder. Bin schon fort. Noch ein Momentchen, bitte. Bin gleich fort. Wollte nur kurz Hallo sagen, Herr Koller. Ich wünsche was. Ich wünsche was.« Er steht auf, nickt den beiden zu und entfernt sich, immer wieder murmelnd: »Ich wünsche was.«

Koller schaut ihm nach, bis die Tür sich schließt. Dann isst er weiter.

»Was wollen die alle?«, fragt Torge.

»Was weiß ich?«, ruft Koller mit vollem Mund.

»Das kann doch kein Zufall sein.«

»Wenn die denken, die können mich einschüchtern, dann täuschen die sich.« Koller piekt mit der Gabel in die Luft. »Die denken, ich würde jetzt Fracksausen kriegen. Die denken, wenn sie geballt auftreten, in ihrer gesamten… vernichteten Stärke, dann… Aber ich werde ganz ruhig weiteressen. Keine Miene werde ich verziehen. Einen Nachtisch werde ich essen. Einen Kaffee werde ich trinken. Die Zeitung werde ich zu Ende lesen. Und dann, wenn ich das alles getan habe, werde ich gemütlich aufstehen und das Restaurant verlassen. Das werde ich tun. Genau das. Und nichts anderes. Na los, Herr Storch, spielen Sie mir noch mehr von Ihrem Zeug vor. Diese, diese Todessymphonie, heißt das so?«

»Die da draußen stören Sie nicht?«

»Ich will die Spinnen hören!«

»Die sitzen dort, alle versammelt!«

»Ich will die Kakerlaken hören!«

»Die hecken doch was aus!«

»Ich will die Wanzen hören!«

Torge drückt eine Taste. Während sie lauschen, blicken sie sich über den Tisch hinweg an.

»Da!«, ruft Koller.

»Was?«

»Ich hab was gehört.«

»Eine Solostelle«, sagt Torge. »Ausbruch aus dem Chor. Ein Schmetterling-Solo.«

»Ein Schmetterling? Wieso? Ein Schmetterling ist doch kein Ungeziefer!«

»Eine Motte schon! Und außerdem: Wer sagt denn, dass ich nur Ungeziefer töte?«

Koller isst jetzt immer schneller, indem er die restlichen Bissen in sich hineinschaufelt, den Mund abwischt und Wein nachkippt. Er freut sich, dass Evi genau in dem Augenblick eintritt, da er die Serviette neben den Teller legt. Als hätte sie draußen vor der Tür gewartet. Evi fragt, ob es recht war und ob die beiden vielleicht noch ein Dessert wünschten, man habe hausgemachten Apfelstrudel, gepfefferte Erdbeeren auf Eierlikörsorbet, Birne im Staubmantel, Scheiterhaufen mit Orangen und Marzipan. Koller und Torge bestellen unisono den Apfelstrudel sowie einen Latte macchiato und Grappa, den braunen, Moscato. Nachdem Evi sich entfernt hat, nimmt Koller einen Schluck Wein und schaut Torge lange an. Aber Torge hält dem Blick stand, seine Augen senken sich nicht auf die Tischplatte, während er die Serviette langsam vom Schoß nimmt und sie vorsichtig küsst. Er faltet sie sorgsam zusammen, legt sie auf den Tisch, und die ganze Zeit über hat er Koller im Blick. Dann lehnt er sich vor, und leise richtet er das Wort an sein Gegenüber: »Sagen Sie, Herr Koller, wie lebt sich's denn so? In Ihrer ... Villa? Hinter Bartendorf. Sie haben ja einen riesigen Pool dort, traumhaft, bestimmt sechzig Quadratmeter. Oder?«

Koller steht auf, setzt sich wieder, ist vollkommen erstaunt. »Woher wissen Sie das?«, fragt er.

»Ist er beheizt? Der Gärtner kommt morgens um neun und fischt die Blätter aus dem Wasser. Nur im Sommer natürlich. Jetzt, im Winter, ist der Pool abgedeckt. Der Gärtner hat den Garten winterfest gemacht. Und Ihre Frau? Die liegt den ganzen Tag am Pool, im Sommer natürlich, jetzt, im Winter, sitzt sie drinnen, im Wintergarten, sie schaut oft raus. Wissen Sie, was das bedeutet, wenn ein Mensch, der eigentlich lesen will, gar nicht ins Buch schaut, sondern hinaus? Ist ein trauriger Anblick. Ich war dort. Ich hab sie gesehen. Und wenn Ihr Sohn kommt ...«

»Mein Sohn?« Koller springt auf, und dabei wirft er seinen Stuhl um. »Was ist mit ihm?

»Beruhigen Sie sich.« Torges Stimme wird fester. Immer noch fixiert er Koller. Er spricht jetzt mit Nachdruck. »Ich habe von Anfang an die Wahrheit gesagt. Handtaschen, Schecks, Versicherung, Bank, *Entführung*. Erinnern Sie sich?«

Koller starrt ihn ungläubig an.

»Wir haben Ihre Frau, Herr Koller.«

»Meinen Sohn?«

»Nein, Koller, Ihre Frau! Setzen!«

Koller setzt sich mechanisch an den Tisch.

»Es ist alles in Ordnung«, sagt Torge. »Es ist alles unter Kontrolle.«

»Was wollen Sie?«, flüstert Koller.

»Es ist ganz einfach. Schalten Sie Ihr Notebook an.«

»Warum?«

Torge sucht in seinen Jackettaschen nach etwas, findet es nicht auf Anhieb, zieht beim Suchen beiläufig und ohne ihr Beachtung zu schenken eine Pistole heraus, legt sie auf den Tisch, findet endlich einen Zettel und steckt die Pistole ganz beiläufig wieder ein. Torge winkt mit dem Zettel. Koller hat währenddessen nur Augen für die Pistole. Auch jetzt blickt er noch auf die Jacketttasche, in der die Pistole steckt, greift ratlos und etwas eingeschüchtert zum Notebook, öffnet es, drückt eine Taste und das Notebook fährt mit einem kurzen Jingle hoch. Genau in diesem Augenblick erscheint Evi mit Grappa, Latte macchiato und Apfelstrudel. Koller zuckt kurz, wartet aber, bis Evi verschwunden ist.

»Ich will mit meiner Frau sprechen«, sagt Erwin Koller leise. In seinen Augen flackern Angst, Wut und Kampfbereitschaft. Seine Stimme zittert leicht, als er jetzt die Worte wiederholt: »Ich will mit meiner Frau sprechen.«

Torge geht zu Koller, legt den Zettel neben das Notebook. »Auf diesem Zettel finden Sie eine Kontonummer«, sagt er. »Die Kontonummer gehört zu einem Konto in …«

»Ich will mit meiner Frau sprechen!«

»Sie besitzen ein disponibles Vermögen von rund fünf Millionen Euro. Das gesamte zur Verfügung stehende flüssige Geld wird von Ihnen auf dieses Konto transferiert. Innerhalb von drei Minuten erhalten wir eine Bestätigung – falls das Geld angekommen ist. Mein Partner wird so schnell wie möglich die gesamte Summe abheben. Es ist alles vorbereitet. Das Geld liegt schon abholbereit in unserer Schweizer Bank. Man wartet nur noch auf die Überweisung. Wenn ich das OK meines Kollegen habe, lasse ich Sie gehen, Sie und Ihre Frau, Herr Koller.«

»Ich will mit meiner Frau sprechen.«

Torge zieht die Pistole aus der Tasche. »Das hier ist eine Koller RW 17. Ein Renner in Ihrem Sortiment. Fabrikfrisch aus den Koller-Werken. Sie liegt gut in der Hand. Es ist nicht die teuerste Pistole, es gibt da bessere. Aber eine Pistole der Firma Korth kann ich mir nicht leisten, Herr Koller. Naja. Noch nicht.« Torge schraubt einen Schalldämpfer auf die Mündung. »Das hier kennen Sie auch: Ein handelsüblicher Schalldämpfer, ein Silencer. Schwarz. Schön sieht er aus. Aluminium. Den schraubt man hier auf. Das geht ganz leicht. Und schnell. Hat Gummilamellen im Innern. Die verzögern das plötzliche Entweichen der Gasmenge. Statt des Knalls hört man nur ein leises Ausströmen. Ein feines Geräusch. Ein Plopp. Ungefähr so.« Torge macht ein Ploppgeräusch.

»Ich will mit meiner Frau sprechen!«, sagt Koller.

»Kann ich verstehen. Also gut. Hören Sie zu. Das hier kann ich Ihnen anbieten. Warten Sie.«

Torge spult das Tonband vor.

Stop.

Play.

Stille.

Es ertönt die Stimme einer Frau.

Erstickte Hilfeschreie.

Unterdrücktes Keuchen.

Kofferraumknallen.

Autoreifen.

»Stimme erkannt?«

»Sibylle?«

»Reicht das?«

Koller: »Selbst wenn ich das Geld überweisen *wollte*, ich habe das Passwort nicht bei mir.«

»Sie kennen Ihr Passwort auswendig. Ihr Passwort und den neunstelligen Security-Code. Sie tätigen öfter Überweisungen in dieser Höhe. Und Ihre Hausbank, Robinson & Snijder ...«

»Woher wissen Sie das?«

»Mensch, Koller. Schauen Sie sich an. Da sitzen Sie und versuchen, aus der Sache rauszukommen. Ringen um fünf Millionen. Um läppische fünf Millionen. Peanuts nennen Sie das doch.« Plötzlich ändert sich Torges Ton. Er schaut zur Tür, lehnt sich ein Stückchen zu Koller hinüber, flüstert nun, tut geheimnisvoll, kumpelhaft. »Passen Sie auf. Ich bin kein Unmensch. Wenn Ihnen das Geld so wichtig ist: okay. Es gäbe da eine Möglichkeit. Unter uns: Ich meine es gut mit Ihnen. Ich befinde mich in einer Win-win-Situation. Ich gebe Ihnen eine Chance. Ich schlage Ihnen ein ... ein ... sagen wir ... Geschäft vor. Sie müssen wählen. Sie müssen sich nur für die richtige Seite entscheiden.«

»Was meinen Sie?«

Torge kippt den Grappa und deutet zum Fenster.

Koller schaut hin, er versteht nicht.

»Das Fenster!«, sagt Torge.

»Was ist damit?«

»Sehen Sie: Wenn Sie die fünf Millionen überweisen, bekomme ich zehn Prozent. Das sind 500 000. Das ist weiß Gott nicht zu verachten. Wenn Sie dagegen durchs Fenster abhauen, kriege ich keinen Penny. Aber stattdessen kann ich was anderes tun.«

»Und was?«

»Ihre Frau liquidieren. Für meine Symphonie, Sie wissen schon, da fehlt mir noch … ein … ein Höhepunkt. Meine Klang-Installation. Eine Melange aus verschiedenen Käferstimmen, hintereinandergelegt. Danach der Chor der Ratten. Und dann fehlt mir noch was, ein Schluss. Und da hab ich mir gedacht: Weshalb sich mit Kleinvieh abgeben, weshalb immer nur Insekten, weshalb bloß Schmeißfliegen und Ungeziefer und Tausendfüßer und Ohrenkneifer und Bienen und Hornissen? Nein, am Schluss, da fehlt noch eine … eine menschliche Stimme. Da hab ich an Ihre Frau gedacht, Koller. Die Stimme Ihrer Frau, kurz bevor ich sie töten werde. Diesen Schrei Ihrer Frau einfangen, bannen, in Ton meißeln, Koller, das wäre wahnsinnig schön. Also? Wie sieht's aus? Man hat immer die Wahl. Entweder Sie überweisen das Geld auf dieses Konto hier. Dann lassen wir Ihre Frau wieder frei. Oder Sie gehen zum Fenster und kriechen raus.«

»Und dann?«

»Behalten Sie in jedem Fall Ihr Geld. Aber verlieren Ihre Frau.«

Koller gibt ein Geräusch von sich zwischen Weinen und Lachen. Er beruhigt sich langsam. Plötzlich flüstert er: »Sie sind doch … verrückt sind Sie!«

»Ich«, sagt Torge, »bin nicht verrückt, nein, ich bin ein ganz normaler Psychopath. Genau wie Sie.«

Koller schweigt eine Weile.

Macht, flüstert Torge, Macht über andere Menschen, Macht über Leben und Tod. Der Mensch fühle sich nicht mehr wie ein Mensch, sondern so, wie Gott sich fühlen müsste, wenn es ihn gäbe. Er sehe es förmlich vor sich: Nach Kollers Flucht durchs Fenster werde er, Torge, Sybille anrufen. Er werde ihr sagen, dass er jetzt kommen werde, um ihr das Leben zu nehmen. Sie sitze dort in einem dunklen Zimmer. Sie könne sich in aller Ruhe auf ihren letzten Auftritt vorbereiten. Ihr letzter Auftritt als Mensch. Sie könne sich einstimmen auf das Ende. So eine Todesangst müsse reifen. So eine Todesangst sei wie eine Stimmgabel für den finalen Schrei. »Ihre Frau, Herr Koller, wird die Angst sammeln, so, wie man Spucke im Mund sammelt. Und wenn ich bei ihr bin, wird sie spucken. Wird sie schreien.«

Plötzlich geht ein Ruck durch Koller. Seine Haltung strafft sich. »Nicht mit mir!«, sagt er. »Ich hab genug. Es reicht jetzt! Irgendwann ist Schluss. Her mit dem Zettel. Fünf Millionen. Lächerlich! Fünf Millionen zahl ich aus der Portokasse.« Koller tippt etwas in sein Notebook ein. Nach ein paar Sekunden ertönt eine künstliche Stimme aus dem Computer: »Herzlich willkommen bei der Robinson & Snijder-Bank, dem Kreditinstitut Ihres Vertrauens. ... Für die gewünschte Transaktion benötigen wir Ihr Passwort. ... Passwort korrekt. ... Für den Security-Fast-Deal-Credit-Transfer erbitten wir nun die Eingabe Ihres persönlichen, neunstelligen Security-Codes. ... Security-Code korrekt. ... Sind Sie sicher, dass Sie den unten stehenden Betrag überweisen wollen? ... Überprüfen Sie bitte die Empfänger-Daten. ... Die Sonder-Transaktion erfolgt in den nächsten drei Minuten. ... Wir danken Ihnen für Ihr Vertrauen und möchten Sie noch hinweisen auf ...«

Koller klappt das Notebook zu.

»Na also, geht doch«, sagt Torge. Er nimmt sein

Handy. Er tippt auf eine Taste, durch die eine gespeicherte Nummer sich selber wählt. »Sie können jetzt kommen«, sagt er.

Nach wenigen Sekunden öffnet sich die Tür, und Müller-Schönbrunn, Hagen, Leuthäuser, Zieper, Cornelli, Seibert und Gronauer treten ein. Koller sinkt auf seinem Stuhl zusammen.

»Was wollen Sie denn noch?«, flüstert er.

Die Männer stellen sich um den Tisch.

Stille.

Alle warten.

Plötzlich klingelt Torges Handy, Torge nimmt ab, hört zu, legt auf. »Gut, Herr Koller. Das Geld ist unser«, sagt er. »Die Herren hier werden noch eine Weile bei Ihnen bleiben, Herr Koller. Bis ich mich aus dem Staub gemacht habe. Danach dürfen auch Sie gehen. Ihre Frau wird in Kürze auf freien Fuß gesetzt. Und, Herr Koller, Sie werden doch nicht auf dumme Gedanken kommen, oder? Sie werden doch nicht an so was Profanes wie Polizei denken? Es war eine Freude, mit Ihnen Geschäfte zu machen, Herr Koller. Jederzeit wieder, Herr Koller. Wir sind gern für Sie da. Vielleicht beim nächsten Mal mit Ihrem Sohn als Tauschobjekt? Ein gutes Geschäft ist noch nie liegen geblieben. Man muss sich nur bücken, um es aufzuheben. Das haben wir getan. Gronauer ... Müller-Schönbrunn ... Hagen ... Leuthäuser ... Zieper ... Cornelli ... Seibert – und ich.«

Nachdem Torge das Séparée verlassen hat, treten die Männer näher an Koller heran und beginnen zu sprechen, abwechselnd, dann wieder durcheinander, und Koller vergräbt sein Gesicht in den Händen. Die Männer reden immer schneller und lauter, immer eifriger reißen sie sich die Sätze von den Lippen, ihre Wörter vermischen sich zu einem einzigen Brei, der über Koller hereinbricht: Mensch, Koller! Warum geben Sie sich mit Kleinvieh wie uns ab? Wir sind doch nur die Zulieferbetriebe. Wir sind nichts. Sie hätten sich auf Ihr Kerngeschäft beschränken müssen! Ihr Kerngeschäft bringt vierzig Milliarden Umsatz jährlich. Sie stehen doch gut da. Die Rüstungsindustrie hat in den letzten Jahren die Exportzahlen verdoppelt. Direkt hinter Amerika und Russland steht Deutschland! An Nummer drei! Weltweit. Aber angesichts der Größe der beiden anderen Länder ist Deutschland die Nummer eins. Der moralische Sieger! Der moralische Sieger in punkto Waffenexport. Der Waffenexport lässt unsere Wirtschaft brummen. Die brummende Wirtschaft sorgt für neue Arbeitsplätze. Die neuen Arbeitsplätze sorgen für erhöhte Kaufkraft. Die erhöhte Kaufkraft sorgt für stärkere Nachfrage. Die stärkere Nachfrage sorgt für bessere Angebote. Die besseren Angebote sorgen für niedrigere Preise. Die niedrigeren Preise sorgen für steigende Verkäufe. Die steigenden Verkäufe sorgen für mehr Geld in den Kassen. Wir können das nicht mehr hören! Jahrzehntelang runtergebetet, jahrzehntelang geglaubt, jahrzehntelang nachgeplappert, wir müssen den Mittelstand entlasten, den Spitzensteuersatz senken, ein paar Prozent der Bürger erwirtschaften den größten Teil der Steuereinnahmen, die Situation wird sich verbessern, wenn die Menschen mehr konsumieren, das freie Spiel der Märkte, der offene Wettbewerb, Stillstand bedeutet Rückschritt, wer stagniert, wird eingehen, immer weiter, immer mehr, Wachstum, Wachstum, Wachstum, niemals endendes Wachstum, die Wirtschaft muss immer weiterwachsen, die Wirtschaft wächst, die Wirtschaft wächst unaufhaltsam, die Wirtschaft wächst unaufhaltsam wie ein Schwarzes Loch! Ein Schwarzes Loch schluckt alles, was in seine Nähe kommt, ein Schwarzes Loch wächst, je mehr Materie es sich einverleibt, ein Schwarzes Loch wächst exponentiell, so wie Zins und Zinseszins, ein Schwarzes Loch wird immer schneller immer größer, man kann es nicht totschlagen, Koller, man kann es nicht einschließen, das Schwarze Loch, man kann es nicht wegsperren, denn das Schwarze Loch würde auch den Käfig schlucken, in den man es sperrt, würde den Raum schlucken, in dem der Käfig steht, und wenn im CERN ein Schwarzes Loch entsteht, würde es das gesamte CERN schlucken und von Genf sich ausbreiten über die Schweiz und würde auch die Schweiz schlucken und die Schweizer Konten schlucken und Europa und die Meere und die Berge und die Kontinente, würde sich die Erde einverleiben, und die ganze Welt würde verschluckt, in nicht mal fünfzig Monaten! Neugier, Koller, ist auch eine Form von Gier. Und Sie, Koller, sind das Schwarze Loch. Und Sie schlucken alles, was in Ihre Nähe kommt. Wir sind Ihnen zu nahegekommen. Und uns haben Sie geschluckt. Und wir sind aufgesaugt worden. Sie ziehen die Materie an. Und Sie ziehen das Materielle an. Und Sie verleiben es sich ein. Sie sind immer größer geworden. Und Sie werden immer größer. Und Sie sind …

»Stopp!«, schreit Koller und wirft den Kopf in den Nacken.

Er hat die Augen immer noch geschlossen.

Schweiß steht auf seiner Stirn.

Jetzt wird es plötzlich ruhig um ihn.

Koller wartet ein paar Sekunden.

Dann öffnet er die Augen.

Er sieht nur Evi, die langsam näher kommt.

»Herr Koller?«, fragt Evi besorgt. »Alles in Ordnung? Ich hab gedacht, ich hätte was gehört.«

Koller blickt sich um.

Niemand ist da.

Die Männer verschwunden.

Das Séparée verlassen.

Evi rückt etwas auf dem Tisch gerade und hüstelt, ehe sie fragt: »Und ist es richtig, dass Sie die Rechnung der Herren übernehmen?«

»Bitte?«

»Die Herren da draußen. Sie sagten, sie wären eingeladen worden. Von Ihnen, Herr Koller. Dieser Herr ... Gronauer ... Herr Gronauer und seine ... seine ... Kollegen.«

»Ach so«, sagt Koller erschöpft. »Ja. Das stimmt wohl.«

»Sie sehen blass aus. Ist Ihnen nicht gut? Kann ich was für Sie ...?

»Psst. Seien Sie still. Hören Sie das?«

»Ich höre nichts.«

»Ein Schmetterling. Es ist ein Schmetterling im Raum.«

»Herr Koller, ich bitte Sie.«

»Hören Sie! Der Flügelschlag eines Schmetterlings. Haben Sie das nicht gehört? Das Knistern, das leise

Streicheln, das flüsternde Flügelflattern. Hören Sie! Hier! Das müssen Sie doch hören, Evi!«

Evi lauscht und zuckt mit den Schultern. »Erlauben Sie, Herr Koller«, flüstert sie. »Es gibt keine Schmetterlinge im *Münsters*. Es gibt überhaupt keine Schmetterlinge im Winter.«

»Vielleicht eine Motte? Nicht jeder Schmetterling ist eine Motte. Nicht jede Motte ist ein Schmetterling.«

»Möchten Sie jetzt mit dem Maître sprechen? Sie sagten, Sie wollten nach dem Essen mit dem Maître sprechen.«

»Warum?«

»Wegen des Tischs hier. Im Séparée. Die fehlgeschlagene Reservierung.«

Koller schaut Evi lange an. Dann lacht er kurz und laut auf. »Nein«, sagt er. »Ich denke, das hat sich erledigt.«

»Also gut, Herr Koller, dann bring ich Ihnen jetzt die Rechnung.«

»Tun Sie das, tun Sie das!« Koller schaut Evi hinterher, die langsam zur Tür geht. »Ach Evi!«, ruft er noch.

»Ja?« Evi dreht sich um.

»Denken Sie doch bitte an den Bewirtungsbeleg.«

Shot to Nothing

Ich war enttäuscht, als der Auftraggeber auch zu diesem letzten Termin nicht selbst erschien, sondern, wie zuvor, seinen Mittelsmann schickte, dessen Name – Mike Divine – mit Sicherheit falsch ist. Unser Treffpunkt war das übliche Hotelzimmer. Der Aufzugspiegel schickte mir ein Gesicht, das sich ein wenig entspannte beim Gedanken, es bald geschafft zu haben. Mike öffnete die Zimmertür und ließ mich herein. Er ist stets in Schwarz gekleidet, und sein gesamtes Auftreten hat etwas derart Bestimmtes und Unnachgiebiges, dass es überhaupt nicht zu einem Mittelsmann passen will. Das Gutachten des Arztes, sagte Mike, sei mehr als zufriedenstellend. Es gebe keine weiteren Hindernisse. Zu klären sei nur noch die Zeitfrage. Er könne mir ein Angebot über sieben Monate machen. Das sei lächerlich, sagte ich und faselte etwas von zwei Jahren, obwohl ich wusste, dass dies genauso lächerlich war. Wir einigten uns nach einigem Schachern auf vierzehn Monate.

»Morgen früh«, sagte Mike und ging zur Minibar, »um acht fahren wir zum Flughafen.«

»Fliegen Sie mit?«

»Ich bin für die nächsten vierzehn Monate ihr Begleiter.« Mike reichte mir ein Getränk. Nach kurzer Zeit fragte er: »Sie wissen, was noch fehlt?«

Ich zog Briefpapier aus dem Rucksack, einen Stift,

setzte mich an den Schreibtisch, Mike stand schräg hinter mir, und ich schrieb den Brief.

Nachdem ich wochenlang nur flach hatte schlafen können, fand ich endlich Ruhe in dieser Nacht. Am Morgen klingelte der Wecker, mir blieben zwanzig Minuten. Ich brauchte nichts zu packen. Das Geld, meinen gesamten Besitz, etwas mehr als fünftausend Euro, hatte ich vom Konto geräumt und in irgendeinen Briefkasten geworfen, vor zwei Tagen schon, in diesem Viertel, wo die Leute hausen wie die Ratten. Ich würde es nicht mehr brauchen. Ich zog mich an, packte drei Bücher sowie ein paar persönliche Dinge in einen Rucksack. Ich aß nichts. Mike kam pünktlich. Ich stieg in den schwarzen Mercedes, und wir fuhren los. Mike redete nicht, und ich beschloss, ebenfalls zu schweigen, so lange, bis er eine Frage stellen würde. Das tat er nicht. Die Fahrt zum Flughafen dauerte sechzig Minuten. Wir flogen erster Klasse. Die Wolken sahen genauso aus wie sonst. Die Stewardess war freundlich. Als Mike mich irgendwann wach rüttelte, befanden wir uns im Landeanflug auf Cancún. Dort stiegen wir in ein Wasserflugzeug und flogen Richtung offenes Meer. Nach zwei Stunden wasserten wir und schipperten ein Stück zur Insel, die ich vom Flugzeug schon hatte sehen können. Wir legten an einem Steg an, stiegen aus, und das Flugzeug machte sich auf den Rückweg. Am Ufer erwarteten uns drei Männer, die ebenso schwarz gekleidet waren wie Mike. Diese Männer, sagte Mike, würden sich um mein Wohlbefinden kümmern, Unterkunft, Essen, Garten, Pool.

Wir stiegen eine Steintreppe hinauf, zweiundvierzig

Stufen. Von oben konnte ich die gesamte Insel überblicken, ich sah, wie winzig sie war. Nach allen Seiten Meer, so weit das Auge reichte. Ein kurviger Weg führte zum Haus, das, wie Mike sagte, der Architekt Moritz Kranner entworfen hatte. Das Anwesen war riesig und flach: eine einzige weiträumige Erdgeschoss-Ebene. Terrasse, Terrakotta, Liegestühle, Tische, Sonnenschirme, Bar, Rasen, Palmen. Im Gebäude selbst: eine Lichtorgie, Gläserfronten, ein riesiges Wohnzimmer, das zur Seite hinaus den Blick freigab auf eine enorme Poollandschaft. Offene Küche, vier Schlafzimmer, kühl, an der Nordseite, weitere Räume, im ersten eine Theke, ein Schrank mit alkoholischen Getränken, ein in die Wand gelassenes Bücherregal, dann Sportgeräte, Wellnessraum, Sauna, Duschen, Whirlpool. Im letzten Raum, den Mike mir zeigte, stand ein gigantischer Billardtisch, verhüllt, doppelt so groß wie die Billardtische, an denen ich hin und wieder Pool gespielt hatte. An den Wänden hingen gerahmte Bilder, Fotografien von Spielern mit schwarzen Westen, Hemden und Fliegen, sie beugten sich zum Tisch hinab, mit dem Kinn auf dem Queue. Einer fiel mir auf, weil er eine riesige quadratische Brille trug. Ich blieb eine Weile länger in diesem Raum als in den anderen. Mike ließ mir Zeit. Als wir zurück ins Wohnzimmer gingen, sagte er, wann immer ich einen Wunsch hätte, solle ich ihn rufen, und er reichte mir einen Piepser. Nachdem er das Wohnzimmer verlassen hatte, nahm ich einen Aschenbecher vom Tisch und warf ihn vor eine der Fensterfronten. Er prallte ab und fiel auf den Boden. Das Glas zeigte keinen Kratzer. Die Flaschen in der Bar waren aus Plastik, man hatte die Getränke umgefüllt und selbst die Etiketten umgeklebt. Die Gläser: ebenfalls Plastik. Meine Schuhe, die ich beim Eintritt draußen hatte abstellen müssen, waren verschwunden, samt Schuhriemen. Stattdessen: Slipper und Latschen. Ich ging barfuß nach unten. Am Strand atmete ich tief ein. Ans Gefühl des Beobachtetwerdens würde ich mich gewöhnen müssen. Das Meer lag da wie ausgestorben. Ich setzte mich, grub die Hände in den Sand und schloss die Augen. Irgendwann rappelte ich mich auf und ging zurück ins Anwesen. Hinter kugelförmigen Buchsbaumpflanzen entdeckte ich eine Mülltonne, ich öffnete sie: leer, sauber, als hätte man sie gerade erst von innen geschrubbt. Ich ließ meine Armbanduhr hineinfallen. Der Mülltonnendeckel schloss sich mit demselben Geräusch, mit dem sich Mülltonnendeckel bei mir zu Hause schlossen. Nach dem Essen legte ich mich auf die Couch und starrte zur Decke. Das Licht draußen zog sich zurück. Ich ging ins Bett. Ich wachte auf, als die Sonne mir ins Auge stach, weil ich vergessen hatte, die Vorhänge zuzuziehen. Ich drehte eine Runde im größten Pool, duschte, zog mich an. Ich betätigte den Piepser. Wenige Sekunden später erschien Mike Divine, es war, als hätte er hinter der Tür gewartet. Sofort dachte ich an Kameras, mit denen man mich und mein Aufwachen beobachtet hatte. Ich blickte zur Decke, konnte aber nichts erkennen.

Ob er mir Gesellschaft leisten wolle?, fragte ich.

Dazu sei er nicht da.

Wie er zu diesem Job gekommen sei?

Er verzog das Gesicht.

Ob man mir nicht jeden Wunsch zu erfüllen habe?

Wenn ich Gesellschaft wolle, sagte er, könne er mir eine solche mühelos besorgen.

»Denken Sie dabei an Frauen?«, fragte ich.

»Denken *Sie* an Frauen?«

»Warum nicht?«

In vier Stunden könnten sie hier sein.

Wie viele?

So viele ich wollte.

Tausend?

Meine Wünsche müssten im Rahmen des Machbaren bleiben.

»Also gut«, sagte ich. »Drei.«

Mike verschwand.

Die vier Stunden verbrachte ich mit Warten. Das Mittagessen verlief störungsfrei. Die Frauen trafen ein. Sie waren aufreizend. Ich hatte nie mit drei Frauen zugleich geschlafen. Sie machten Dinge mit mir, die ich nicht kannte. Anschließend war ich erschöpft. Sie lagen in meinem Bett, und ich versuchte, mit ihnen zu reden. Sie hoben nur die Hände, sprachen meine Sprache nicht, auch kein Englisch. Aus Hilflosigkeit wollten sie wieder von Neuem beginnen, aber ich scheuchte sie fort. Sie verließen das Zimmer und das Haus. Wenig später hörte ich den Flugzeugmotor und schlief ein. Als ich erwachte, war es draußen dunkel.

Zeit verstrich. Ich zählte die Tage nicht. Die Sonne kam und ging. Frauen kamen und gingen. Bis zu dem Tag, als ich eine der Frauen, die sich unbeobachtet und mich in Ekstase wähnte, dabei überraschte, wie sie die Augen verdrehte, kurz nur, aber ich hielt sofort inne in dem, was ich tat, und warf sie raus. Ich sagte Mike, es sollten keine Frauen mehr kommen, ich hätte genug. Er nickte. Ich ging zum Strand, ich starrte aufs Meer, ich schloss die Augen, ich cremte mich ein, ich setzte den Sonnenhut auf, ich wurde braun, ich aß, es schmeckte, ich schlief, ich duschte, ich badete, ich aß, es schmeckte, ich ging spazieren, ich umkurvte die Insel, ich sah fern, ich aß, es schmeckte, ich gewöhnte mich daran.

Bis ich Mike eine Frage stellte, die ihn verblüffte.

»Welchen Tag haben wir heute?«, fragte ich.

»Sie wissen es nicht?«

»Nein.«

»Sie haben keine Uhr mehr?«

»Nein.«

»Sechs Monate.«

»Es bleiben noch acht?«

Er nickte.

»Haben Sie Lust auf eine Partie Billard?«, fragte ich.

Da lächelte er. Zum ersten Mal, seit ich ihn kannte, lächelte er. Kurz nur, und sofort biss er sich auf die Lippe.

»Warum lächeln Sie?«, fragte ich.

»Tut mir leid«, sagte er.

»Sagen Sie es ruhig.«

»Man sagt nicht Billard, man sagt Snooker.«

»Können Sie das?«

»Mittelmäßig.«

»Erklären Sie es mir?«

Er nickte.

Von dem Augenblick an, da er den Snookerraum betrat, veränderte sich etwas. Ich sah es in seinen Augen.

Man müsse es lieben, sagte Mike, ganz leise, man

müsse es lieben, sonst habe man keine Chance, das Spiel zu verstehen.

Was für ein Wort, sagte ich. Lieben. Es sei doch nur ein Spiel.

Eben nicht, sagte Mike. Eben nicht.

Mike nahm ein bügeleisenartiges Gerät und glättete das grüne Tuch, zog seine Krawatte und sein Jackett aus, holte Fliege und Weste aus einem Schrank, zog beides an und sagte, er müsse sich entschuldigen, er könne nicht gleichzeitig spielen und als Schiedsrichter fungieren, daher werde er darauf verzichten, die weißen Handschuhe anzuziehen, wenn er die Farbigen wieder aus dem Loch hole, und ich wusste nicht, wovon er sprach. Er baute die Kugeln auf: unten fünfzehn Rote in Dreieckform. Darunter eine einzelne Schwarze. Darüber fünf Andersfarbige: pink, blau, grün, braun, gelb. Mike zeigte mir nun, wie man sich hinzustellen hatte, ein Bein gestreckt, ein Bein leicht gebeugt, denn ein Snookertisch ist höher als ein Pooltisch, dann die vier Berührungspunkte des Körpers mit dem Queue, die Bockhand, bei einem Rechtshänder die linke Hand, die auf dem Tisch liegt und auf der man die Spitze des Queues vor dem Stoß leicht hin- und herführt, als Zweites das Kinn, das auf dem Queue zu liegen hat, weshalb der Ex-Weltmeister Graeme Dott manchmal ein Kinnpflaster trage, um die Reibung auf der Kinnhaut zu vermeiden, als Drittes die Brust, die mit dem Queue in Berührung kommt, und als Viertes natürlich die Stoßhand, die den Queue hält. So hat man völlige Kontrolle über den Queue. Da kann nichts verrutschen. Zunächst zielen. Von oben. Ein Bild des Stoßes im Kopf haben. Genau wissen, was man tun möchte. Dann erst das Hinabbeugen. In die Stoßhaltung gehen. Stoßen. Nach dem Stoß innehalten. Nicht den Queue verreißen. Ganz wichtig: Wenn man an den Tisch kommt, muss man eine rote Kugel treffen. Verfehlt man sie oder trifft eine andere oder versenkt die Weiße, ist es ein Foul. Der Gegner bekommt Bonuspunkte und ist am Spiel. Mir schwirrte der Kopf. Langsam, sagte ich.

»Es gibt fünfzehn rote Bälle«, sagte Mike, »sowie sechs *anders*farbige, die man einfach die *Farbigen* nennt. Man muss abwechselnd eine rote und eine farbige Kugel lochen. Für die Rote bekommt man je einen Punkt. Für die Farbigen je nach Farbe zwei bis sieben. Die roten Kugeln bleiben im Loch. Die Farbigen werden wieder rausgeholt und auf fixe Markierungen gesetzt, Spots. Bald beginnt die Weltmeisterschaft«, sagte Mike. »Schauen Sie doch ein paar Matches an.«

»Vielleicht können wir ja zusammen schauen?«, fragte ich.

Da sagte Mike: »Ich weiß nicht. Wenn ich mit Ihnen spreche, habe ich das Gefühl, mit einem Toten zu sprechen. Ich kann den Gedanken nicht ausradieren, was passieren wird in … in ein paar Monaten.«

Ich entgegnete ihm, er solle sich keine Sorgen machen, mir selber falle es ungemein leicht, den Endpunkt dieser Zeit hier zu vergessen, zu verdrängen. »Ich verschwende keine einzige Sekunde mit dem Gedanken an meinen Tod«, sagte ich. »Das wäre ja noch schöner. Ich bin hier, um mich zu amüsieren. Ich bin hier, um vierzehn Monate zu genießen. Nichtstun. Sonne. Meer. Das, wovon jeder träumt.«

Wir verbrachten immer mehr Zeit am Snookertisch. Mike erklärte, ich hörte zu und saugte alles auf. Beim Snooker geht es nicht nur ums Lochspiel. Im Gegenteil. Dazu ist der Tisch viel zu groß. Oft genug kommt man in Situationen, in denen man nicht lochen kann. Dann muss man eine Safety spielen, sprich, mit der Weißen zwar eine Rote treffen, aber die Weiße so zurücklaufen lassen, dass auch der Gegner keine Rote lochen kann. Ein Safety-Spiel zieht sich bei den Profis manchmal über zehn, zwanzig Minuten hin, und wenn die Weiße so gemein liegt, dass keine der Roten direkt angespielt werden kann, spricht man von einem Snooker. Das geschieht, wenn eine andersfarbige Kugel zwischen der Weißen und den Roten liegt, wenn man also nur über eine oder mehrere Banden an die Roten herankommt.

»Was heißt Snooker eigentlich?«, fragte ich.

»Unangenehme Lage«, sagte Mike.

Ich trainierte. Ich ging kaum noch nach draußen. Ich schlief, aß, trank, spielte. Lernte schnell. Dank Mikes Hilfe. Ich konnte den Beginn der Weltmeisterschaft kaum abwarten, sah zum ersten Mal Ronnie O'Sullivan live und wurde sofort zum glühendsten Verehrer, weil in seinem Spiel ein für Snooker untypisches Tempo lag, er zielte schon auf die nächste Rote, während Michaela Tabb, die Schiedsrichterin, noch die letzte von Ronnie gelochte Farbige aus der Tasche holte und auf ihre Markierung zurücklegte, ich liebte Ronnie, weil er, wenn die Weiße an einem für Rechtshänder ungünstigen Platz liegen blieb, mühelos den Queue von der rechten in die linke Hand wechselte und einfach mit links weiterspielte, beidhändig, ein Besessener, der unter Depressionen litt, und ich litt mit ihm, wenn er während des Spiels aufgrund eines dummen Fehlers die Lust verlor und nur noch mürrisch an den Tisch trat, wissend, dass er auch die nächste Kugel verschießen würde, litt mit ihm, wenn er aufstöhnte über seine Leistung und auf dem Stuhl an den Fingernägeln knabberte, in scheinbarem Desinteresse an den Stößen seines Gegners, und ich feuerte ihn an, wenn er im Tunnel war und Kugel um Kugel versenkte, gar nicht mehr über den Stoß nachzudenken schien, sondern inneren Bildern folgte.

Meine eigene Spielkunst war lausig. Natürlich. Ich stand ganz am Anfang. Wenn es gut lief, gelang es mir manchmal, rot-schwarz-rot zu lochen, spätestens nach drei Kugeln war Schluss, weil ich die Weiße nicht an den richtigen Platz bugsiert hatte und mit einer Safety aussteigen musste, aber von Safety konnte keine Rede sein, meine Safetys waren ein Witz im Vergleich zu den Safetys der Profis. Ich hatte nicht das Tempogefühl für die Weiße, wusste nicht, wie dünn oder dick ich die Rote treffen und wie hart ich stoßen musste, um die Weiße so sicher wie möglich abzulegen, und daher lief meine Weiße oft genug wieder zu weit ins Feld hinein oder blieb auf halbem Weg liegen, willkommene Einstiegsmöglichkeiten für Mike, der mich in den ersten Wochen regelrecht demütigte. Aber ich trainierte hart. Ich wollte aufholen. Ich wollte bei jedem Frame gegen Mike ein paar Punkte mehr machen. Stundenlang spielte ich gegen mich selbst. Übte immer wieder ein- und denselben Ball, um ein Gefühl zu entwickeln. Begann jeden Tag damit, hundertmal die Weiße einfach nur vom Anstoßpunkt zur Fußbande und zurück zu spielen, an die Kopfbande, um das Tempo einschätzen zu lernen. Mike war beeindruckt von meinen Fortschritten. Wir schauten die DVD vom legendären Weltmeisterschaftsendspiel von 1985, von dem ich noch nie etwas gehört hatte, Dennis Taylor vs. Steve Davis, und es stellte sich heraus, dass jener Taylor der Mann auf dem Foto mit der riesigen Brille war, der im Endspiel beim Stand von 17 zu 17 im letzten Frame erst mit dem Lochen der allerletzten schwarzen Kugel gewonnen hatte. Dieses Match zu sehen war für mich der Anstoß, mir ein Ziel zu setzen, und ich hatte mir lange kein Ziel mehr gesetzt, und das Ziel war, ein Century Break zu schaffen, irgendwann, das heißt, in einer einzigen Aufnahme die magische Zahl von hundert Punkten hintereinander zu erreichen, also abwechselnd eine Rote und eine Farbige zu lochen, ohne einen Fehler, ohne dass währenddessen der Gegner an den Tisch kommt, so lange lochen, bis man die hundert Punkte erreicht hat, das war mein Ziel, und ich tat alles dafür, um es zu schaffen. Davon war ich allerdings meilenweit entfernt. Er selber, so Mike, habe erst zweimal in seinem Leben ein Century geschafft, und das nur, weil die Bälle auf dem Tisch gelegen hätten wie gemalt.

Wenn wir nicht spielten, saßen wir jetzt oft beisammen, und Mike erzählte Snookergeschichten. Ich hing an seinen Lippen. Stephen Hendry, The Golden Boy, der ungekrönte All-Times-Champion, siebenfacher Weltmeister, habe seine Titel mit einem Billig-Queue errungen, so Mike, »einem Ding vom Flohmarkt, was weiß ich, woher er das hatte, ein Nieten-Queue, aber Queue und Spieler bilden eine untrennbare Einheit, ein hochsensibles, komplexes System, das darf nicht zerstört werden«, und für Hendry sei eine Welt zusammengebrochen, als er eines Tages aus dem Flugzeug stieg, seinen Koffer abholte und feststellen musste, dass sein Queue zersplittert war, »es war, als hätte man mir eine Hand abgehackt«, habe Hendry gesagt, und so viele Queues er später auch ausprobierte, nie mehr wurde er der Alte.

»Haben Sie keine Angst?«, fragte Mike irgendwann. »Wenn man bedenkt, was Sie erwartet. Ich hätte Angst.«

»Ehrlich gesagt, glaube ich nicht an mein Ende. Ich glaube nicht daran, dass Ihr Auftraggeber mich kaltblütig tötet.«

»Aber das ist der Deal.«

»Wenn es so weit ist, wird es eine Lösung geben. Ich werde ihn bitten, mich zu verschonen.«

Mike schwieg.

»Erzählen Sie von ihm«, sagte ich.

Mike schwieg.

»Sie denken, dass er, wenn ich ihn bitte, mich zu verschonen, trotzdem abdrücken wird?«

Mike schwieg.

»Und wenn ich anbiete, für ihn zu arbeiten, ein paar Jahre, ohne Gehalt?«

Mike schwieg.

»Wie kommt er dazu, so was zu wollen?«

»Was?«

»Einen anderen Menschen zu töten?«

»Spielen wir weiter?«, fragte Mike. Ich stand sofort auf, und wir gingen an den Snookertisch. Die Luft dort drinnen war mit Händen zu greifen, ich zog die Vorhänge beiseite, öffnete die Panzerglasfenster, ließ Luft hinein und sah nach draußen. Das Meer war unruhiger als sonst, ich wusste nicht, wann ich das letzte Mal aufs Meer geschaut hatte, musste lange her sein, die ganze Zeit hatte ich im Snookerraum trainiert, was für ein Irrsinn, dachte ich plötzlich, auf eine Insel zu gehen, um das Meer, die Sonne, die Wärme, die Ruhe zu genießen und dann in diesem Snookerraum zu enden, an einem Tisch der Firma Riley Renaissance, mit acht Beinen, drei sechsundfünfzig lang, eins achtundsiebzig breit, sechsundachtzig Zentimeter hoch und rund fünfzehnhundert Kilogramm schwer, an diesem Rechteck des Lebens, fest begrenzt, mit dieser fünf Zentimeter dicken Schieferplatte unterm hochflorigen Kammgarntuch, mit sechs Taschen, die vom Snookerfitter Max Josef Reinartz nach Originalschablonen der World Professional Billards & Snooker Association zugeschnitten worden waren und in die man die Bälle zu versenken hatte, den Tisch abzuräumen, bis nichts mehr da ist, und den Gegner ständig in eine unangenehme Lage zu bringen, was für ein Irrsinn, hier mit diesen zweiundzwanzig Kugeln zu jonglieren, aber noch nie, dachte ich, noch nie hat es auf dem Tisch ein Bild gegeben, das mit einem anderen Bild identisch gewesen wäre, ja, selbst wenn man alle bislang gespielten Situationen aller jemals gespielten Frames aller Turniere der Welt durch technischen Zauber übereinanderlegen könnte, so würde man keine zwei Bilder sehen, die vollkommen gleich wären, in jedem Frame rollen die Bälle anders als im Frame zuvor, und man muss mit jeder Gegebenheit neu zurechtkommen. Nur eins ist sicher: Irgendwann ist Schluss. Es wird immer so lange gespielt, bis es zu Ende ist. Seine Spannung erhält das Spiel dadurch, dass man niemals weiß, wann es endet. Selbst wenn jemand siebzehn zu null führt, kann der andere noch die nächsten achtzehn Frames und den WM-Titel gewinnen, unwahrscheinlich, aber möglich.

»Helfen Sie mir zu fliehen?«, fragte ich Mike.

Er baute die Kugeln auf.

»Wir könnten was aushecken.«

Mike ließ sich nicht beirren.

»Taktisches Spiel«, sagte ich, wusste aber bereits, als ich es sagte, dass es nur eine wirre Idee war, auf die sich Mike niemals einlassen würde.

Wir spielten. Ich lochte eine lange Rote, die ich als Shot to nothing angelegt hatte, ein Stoß ohne Fortsetzung. Eigentlich sollte man beim Lochspiel immer daran denken, die Weiße so auf dem Tisch zu platzieren, dass man nach dem Lochen weiterspielen, also die nächste Kugel versenken kann. Aber wenn es eine schwierige, lange Rote gibt, einen Ball, der sehr riskant ist, spielt man einen Shot to nothing. Sozusagen als Absicherung. Für den Fall, dass die schwierige Rote nicht ins Loch fällt, bringt man die Weiße hinter die kleinen Farben in Sicherheit. Damit der Gegner dann keine Chance zum Einstieg hat. Noch vor Monaten hätte ich mir einen solchen Shot to nothing überhaupt nicht zugetraut, jetzt aber folgte ich einfach einem Bild im Kopf, das ich von der WM aufgesaugt hatte, dem Bild, wie sich Shaun Murphy mit Doppelkinn und Adlerblick auf den Queue legt und zielt, und es gelang mir, ein überragender Shot to nothing. Ich jubelte.

»Jetzt will ich das Century«, rief ich. »Jetzt will ich alles.«

»Das Century«, sagte Mike, »dafür trainieren die Profis acht Stunden am Tag, und es gelingt ihnen ein paarmal pro Turnier. Von den Amateuren schafft es kaum einer.«

»Aber niemand hat so viel Zeit wie ich.«

»Nur noch zwei Monate«, sagte Mike.

»Bis dahin werd ich es schaffen.«

Ich schaffte es nicht. Sosehr ich mich auch hineinkniete, sosehr ich meine ganze Leidenschaft in die Waagschale warf, ich schaffte es nicht. Ich hatte alle WM-Spiele aufgenommen und schaute sie immer wieder an. Wenn ich nicht übte, sah ich fern. Das Videotraining zeigte durchaus die erhoffte Wirkung. Ich verbesserte mich täglich. Die Bilder im Kopf halfen ungemein. Mein Spiel wies mehr und mehr Grundsicherheit in den Stößen auf. Immer seltener gab es totale Aussetzer. Ich lernte, das Tempo zu dosieren, lernte, leicht zu spielen, langsam, je langsamer man stößt, umso größer die Kontrolle. Dennoch scheiterte ich beim konsequenten Stellungsspiel, es gelang mir nicht, die Stöße so zu koordinieren, dass ein Century dabei hätte herausspringen können. Die zwei Monate verstrichen. Aber ich wollte nicht sterben, ohne ein Century Break erreicht zu haben.

»Wann wird er kommen?«, fragte ich.

»Morgen«, sagte Mike.

Ich hatte keine Angst. Ich übte meinen Monolog. Innerlich. Einen feurigen Monolog, mit dem ich meinen Mörder bestürmen wollte, mich am Leben zu lassen. Es war nicht vorstellbar, dass er den Abzug drückte.

»Warum haben Sie nicht mehr leben wollen?«, fragte Mike.

»Was wollen Sie hören?«, sagte ich.

In der Nacht konnte ich nicht schlafen. Ich ging zum Snookertisch. Schaffte in einer Aufnahme sechzig Punkte. Das gelang mir höchst selten. In der nächsten Aufnahme achtzehn, dann siebenundzwanzig, dann neun, fünfunddreißig. Statt verbissener zu werden, wurde ich immer lockerer. Schließlich hatte ich einen Lauf: Ich lochte Kugel um Kugel, bis ich bei fünfundneunzig Punkten stand. Fünfundneunzig Punkte. Jetzt noch eine Rote und mindestens die Braune, dann hätte ich das Century erreicht. Ich lochte rot. Sechsundneunzig Punkte. Die Weiße lief ein wenig zu weit. Sie lag günstig, um grün zu lochen. Das gäbe drei Punkte. Einer zu wenig fürs Century. Für die braune Kugel lag der Spielball nicht ganz so gut. Braun brächte vier Punkte. Braun brächte endlich das Century. Ich setzte den Queue an, brach den Stoß ab, setzte von Neuem an, brach noch mal ab. Umrundete den Tisch, ging in die Knie, kniff ein Auge zu, schwierig, aber möglich. Nicht zu hart, nicht zu dick treffen. Ich setzte an.

Der Stoß war perfekt.

Ich traf die braune Kugel exakt so, wie ich sie hätte treffen müssen. Aber leider gab es einen Kick. An den entscheidendsten Stellen in den Matches gibt es oft einen Kick. Die meisten Fehler der Profis resultieren aus einem Kick. Immer dann, wenn die Weiße oder der Objektball verschmutzt sind, wenn es leichte Kreidespuren gibt oder statische Aufladung durch das Kammgarntuch. Ein Kick bedeutet, dass die weiße Kugel nach dem Kontakt mit der Objektkugel ein wenig hüpft und dadurch ihre Wirkung nicht richtig auf die Objektkugel überträgt. So war es auch bei mir: Die Braune lief zwar Richtung Ecktasche, aber durch den Kick ein wenig versetzt, sodass sie im Tascheneinlauf zitterte und schließlich auf dem Tisch liegen blieb.

Ich strich eine Träne aus dem Auge.

Am nächsten Tag wartete ich auf das Erscheinen meines Mörders. Er kam gegen Mittag. Ein Wasserflugzeug, er stieg aus, die vier Männer begrüßten ihn, er kam aufs Haus zu. In seiner Hand ein Koffer. Er nickte. Mein Mörder war etwa so groß wie ich, kräftiger gebaut, braun gebrannt, trug Strohhut und Maßanzug. Er ging an mir vorbei ins Haus. Ich folgte ihm. Wir setzten uns. Er zog aus einer Tasche die Pistole. Ich lächelte.

»Jetzt also«, sagte er. »Stellen Sie sich auf die Plastikplane da drüben.«

»Wie heißen Sie?«, fragte ich.

»Das tut nichts zur Sache.«

»Sie können es mir sagen, ich *bin* gleich nicht mehr.« Er schwieg.

»Sie werden es nicht tun, oder?«, sagte ich. »Sie können es nicht tun. Es ist nicht mehr meine Absicht, dass es geschieht.« Und ich hielt meinen Monolog und sagte ihm, dass ich bereit wäre, alles für ihn zu tun, wenn er mich verschonte. Er wirkte nicht überrascht.

»Das versuchen die meisten«, sagte er.

»Sie haben schon öfter …?«

»Sieben Mal.«

»Aber diesmal können sie es nicht tun. Sie müssen eine Ausnahme machen.«

»Warum?«

»Ich, ich, ich muss noch ein Century Break schaffen.«

»Sie haben gespielt?«

»Ja.«

»Wie lange?«

»Ein paar Monate.«

»Und? Was war Ihr höchstes Break?«

»Sechsundneunzig.«

»Das glaube ich nicht. Stehen Sie auf. Gehen Sie zum Plastik. Da drüben.«

»Und wenn wir darum spielen? Einen einzigen Frame?«

»Ich habe Ihnen vierzehn Monate geschenkt. Ich denke, wir haben einen Deal.«

»Sie können doch keinen Menschen erschießen, der nicht erschossen werden will.«

»Sie haben mir Ihr Leben verkauft. Es gehört *mir* jetzt. Aber«, er machte eine Pause, »ich bin froh, dass Sie nicht zetern und weinen und auf die Knie fallen. Ich hasse das. Ich drücke dann immer gleich ab.«

»Warum tun Sie das? Was gibt Ihnen das?«

»Einen Kick«, sagte er.

»Einen Kick? Das ist alles?«

»Reicht das nicht?«

»Ein Kick«, rief ich, »ist der Feind jedes Snookerspielers, jeder Snookerprofi hasst Kicks. Ein Kick ist das Entsetzlichste, das Schlimmste, am liebsten würde ein Profi nach jedem Stoß die weiße Kugel vom Schiedsrichter reinigen lassen, um einen Kick zu verhindern, also lassen Sie sich nicht von ...«

»Verdammt«, unterbrach er mich. »Sie verstehen gar nichts. Der Kick ist die Krone des Snooker. Das Wichtigste. Das Schönste. Ein Kick ist das Überraschungsmoment schlechthin. Viele Fehler, die ein Profi macht, resultieren aus einem Kick. Durch einen Kick wird das Spiel noch spannender, als es ohnehin schon ist. Ohne Kicks wäre alles viel berechenbarer. Ein Kick ist wie ein Schuss an den Innenpfosten. Ein möglicher Kick ist das Glücks- und Pechmoment im Snooker. Ein Kick ist das Salz in der Suppe.«

»Und danach?«, fragte ich. »Wenn Sie mich, also wenn ich, was geschieht dann mit mir?«

»Das werden Sie nicht mehr mitbekommen.«

»Ich will es wissen.«

»Ich kann Sie auch im Sitzen erschießen, bringt ein bisschen mehr Reinigungsarbeit. Aber wenn ich Sie bitten dürfte, zum Plastik ... Das würde mir einiges erleichtern.«

Ich blieb sitzen. »Erfüllen Sie mir einen letzten Wunsch?«, fragte ich.

»Was denn noch?«, rief er. »Sie haben alles bekommen, was Sie wollten. Vierzehn Monate, Frauen, Sonne, Meer, sämtliche Annehmlichkeiten. Das reicht für ein Leben, oder nicht?«

»Noch *ein* Spiel.«

Er schwieg.

»Einen Frame. Das ist alles.«

Er zuckte mit den Achseln. »Also gut, von mir aus.« Er stand auf. »Kommen Sie.«

»Und«, sagte ich, »wenn ich gewinne, lassen Sie mich dann gehen?«

»Ich spiele seit dreißig Jahren«, sagte er. »Sie werden keine Chance haben.«

»Wenn ich keine Chance habe«, sagte ich, »dann können Sie auf meinen Vorschlag eingehen!«

»Von mir aus«, sagte er. »Es ist nur eine Formalität.«

»Also, es gilt? Gewinnen Sie, drücken Sie ab. Gewinne ich, lassen Sie mich gehen?«

»Es gilt«, sagte er.

Wir gingen in den Snookerraum. Er holte eine Queue-Tasche Kansas II aus dem Schrank, öffnete sie, schraubte den Queue zusammen und sagte: »Bauen Sie auf, Mensch.«

Ich legte die Kugeln auf ihre Positionen. Ich zitterte nicht.

»Gehen Sie an die Fußseite«, sagte er. »Ich will nicht, dass Sie hinter mir stehen.«

Ich gehorchte. Er beugte sich zum Tisch, zielte, ein optimaler Stoß, er touchierte und öffnete die Roten nur leicht, die Weiße lief zurück bis dicht vor die Bande. Meine Safety geriet zu kurz, und binnen weniger Minuten hatte mein Mörder siebenundsechzig Punkte auf dem Konto. Er blickte auf und sah mich an. Es lagen noch fünf Rote auf dem Tisch. Gut spielbare Rote. Insgesamt wären dies ebenfalls siebenundsechzig mögliche Punkte. Ich konnte nur noch gleichziehen. Jetzt spielte er den Frameball: Wenn er die nächste Kugel versenkte, lägen nicht mehr genügend Punkte für mich auf dem Tisch. Er beugte sich und verschoss den Frameball. Ärgerte sich aber nicht, sondern setzte sich auf seinen Stuhl. »Nur zu«, sagte er, und ich trat erst zum zweiten Mal in diesem Frame an der Tisch. Ich musste nach jeder Roten die Schwarze versenken, um auf siebenundsechzig Punkte zu kommen. Es gelang mir in vier Aufnahmen. Es gelang mir nur deshalb, weil mein Gegner sich nicht mehr bemühte. Wenn er an der Reihe war, spielte er aufreizend schlampig, schien mir im Gegenteil die Kugeln regelrecht vors Loch zu stellen, mir Hilfe zu leisten bei meinem kläglichen Unterfangen, ihn schlagen zu wollen. Ich nahm seine Geschenke an. Ich versenkte die Kugeln. Zum Schluss waren alle verschwunden, und es stand siebenundsechzig zu siebenundsechzig.

»Na endlich, wurde auch Zeit!«, sagte er.

»Sie wollten das so?«, fragte ich.

»Klar. Eine Respotted Black! Die Magie des Snooker.«

Bei Gleichstand am Ende eines Frames werden die schwarze und die weiße Kugel noch mal neu aufgesetzt. Die Respotted Black. Da die Weiße drei Meter von der Schwarzen entfernt liegt und die Schwarze nicht in Lochnähe, versucht kein Profi bei einem Turnier, den Schwarze direkt zu lochen. Es kommt zu einem harten Safety-Duell, bei dem man die weiße und die schwarze Kugel so weit voneinander entfernt und so nah an die Banden wie möglich platzieren muss. Mein Mörder tat nun etwas, mit dem ich nicht gerechnet hatte: Er legte die Weiße ins äußerste Eck des Anstoß-Halbkreises, zielte und versuchte, die Schwarze direkt zu lochen, knallhart, viel härter, als er sonst spielte, was zur Folge hatte, dass die Weiße unkontrolliert über den Tisch blitzte, während die Schwarze nicht ins Loch flog, sondern im Tascheneinlauf flackerte und heraussprang und die Fußbande entlang Richtung gegenüberliegender Ecktasche kullerte. Ganz langsam. Zu langsam. Ich feuerte sie an. Noch ein Stückchen, und sie wäre problemlos lochbar für mich, noch ein kleines Stückchen, und ich hätte es geschafft. Die Kugel blieb fünf Zentimeter zu früh liegen. Noch fünf Zentimeter, und ich hätte die Schwarze mit verbundenen Augen lochen können. So jedoch stimmte der Winkel nicht. Ich musste entweder eine Safety spielen oder aber – gewagt – versuchen, die Schwarze in die Ecktasche zu schneiden. Für einen Profi wäre das kein allzu großes Problem gewesen, für mich allerdings ein hohes Risiko. Ich entschied mich für den Lochversuch, zielte, aber traf die Schwarze einen Hauch zu dünn. Sie blieb auf der Kante liegen. Mein Mörder brauchte nur noch einen Kindergartenstoß. Doch statt sacht zu tippen, bolzte er die Weiße auf die Schwarze, und die Weiße rutschte gemeinsam mit der Schwarzen ins Loch, ein übelstes Anfänger-Foul, und ich hatte gewonnen. Er legte den Queue auf den Tisch und sagte: »Sie können jetzt gehen!«

»Wohin?«, fragte ich.

»Nehmen Sie das Motorboot. Immer Richtung Westen.«

Ich verließ den Snookerraum, ging durchs Wohnzimmer, hörte noch einmal seine Stimme: »Ach!«, rief er.

Ich drehte mich um.

»Noch ein Wort.«

»Was denn?«

»Jetzt stehen Sie am richtigen Platz.«

»Bitte?«

»Ich denke, aus *dem* Snooker kommen Sie nicht mehr raus.«

Ich blickte nach unten, bemerkte, dass ich auf dem Plastik stand, sah, wie mein Mörder seine Pistole zog und abdrückte. Ich hörte den Shot to nothing. Er lochte sich in meine Brust. Es fühlte sich an wie ein Stoß. Keine Fortsetzung. Ich fiel zu Boden. Er trat zu mir. Ich lag in meinem Blut. Atmete stoßweise. Er fühlte meinen Puls. Noch wenige Schläge. Dann war es vorbei. Er drückte mir die Augen zu. Er rollte das Plastik zusammen. Ich bin jetzt zu Ende. Habe aufgehört, Ich zu sagen. Ich sagen zu können. Irgendwie unangenehm, die Lage.

Die Stimme

Es gäbe nicht den geringsten Grund, hier bei Ihnen aufzutauchen. Wenn da nur nicht diese Stimme wäre. Seit fünf Wochen diese Stimme. Immer dieselbe Stimme. Es gäbe nicht den geringsten Grund, denn ich war glücklich, Herr Mollenhaupt. Überglücklich. Wusste gar nicht, wohin mit dem Glück. Ich war so glücklich, dass es mir schon fast wehtat. Mein Glück war mit Händen zu greifen, mein Beruf, der Erfolg, der berufliche Erfolg steht über allem, das Erklimmen des Gipfels, höher hinauf geht es nicht mehr bei dem, was ich tue. Ich bin Innenarchitekt, das heißt, so nennen darf ich mich nicht, denn ich habe nicht den geraden Weg gewählt, habe keine dieser Fachhochschulen besucht, Kaiserslautern, Trier, Mainz, habe auch nicht an der Rhein-Sieg-Akademie für Realistische Bildende Kunst und Design studiert, ich bin kein Diplom-Ingenieur und erfülle nicht im Mindesten die Anforderung der Architektenkammer, mich Innenarchitekt nennen zu dürfen, ich habe mich hochgearbeitet, habe als Hilfskraft angefangen, als Bürobursche, kann man sagen, bis irgendwann, durch einen Zufall, aber das würde zu weit führen, jemand meinen, wie er sagte, Blick für die Bedürfnisse des Raums entdeckt hat, aber egal, er hat mich gefördert, auch ohne Studium, ich habe bei ihm gelernt, jahrelang, habe Karriere gemacht, Schritt für Schritt, von klein auf, immer weiter, immer höher, heute arbeiten vier Innenarchitekten für mich, und in meinem Büro bin ich zwar Chef, aber Innenarchitekt nennen darf ich mich nicht, und die vier Innenarchitekten arbeiten auch deswegen bei mir, damit draußen auf dem Büroschild das Wort Innenarchitekturbüro stehen darf, ohne dass der Verbraucherschutz uns abmahnt. Was ich sagen will, Herr Mollenhaupt: In gewisser Weise ähneln sich unsere Berufe. Ich stelle mir den Therapeuten vor als eine Art Innenarchitekten der Seele. Wir beide werden zu Hilfe gerufen, wenn das Licht der Fenster die Tiefe der Räume nicht ausreichend erhellt. Da kommen die Klienten und zeigen Ihnen den Zustand ihres Innenraums, sprechen darüber, was ihnen fehlt und was sie als überflüssig empfinden, und Sie, Herr Mollenhaupt, Sie sagen, vielleicht an dieser Stelle etwas Blaues, hier eine Pflanze, etwas Lebendiges, dieser Farbton muss vermieden werden, dort eine Lichtquelle, die Leute schauen sich ihr Innenleben an und denken, ja, das könnte man machen, hier einen Verdrängungsvorhang wegnehmen, dort einen Teppich hinlegen, um etwas zu verdecken, unsere Berufe ähneln sich, wir beide beschäftigen uns mit Fassadengestaltung und Kernsanierung, mit Bausubstanz und zeitloser Gestaltung der Hülle des Raums, wir beide sind immer auf der Suche nach neuen Innenraumkonzepten. Aber entschuldigen Sie, wenn ich so viel rede, ich rede deshalb so viel, weil ich die Stimme nicht hören will, und die Stimme kommt nur, wenn ich schweige. Also auch dann nicht immer, aber sagen wir so: Nur wenn ich schweige, kann die Stimme kommen. Wenn ich rede, nie. Aber es ist völlig unmöglich, vierundzwanzig Stunden zu sprechen, nein, irgendwann ist kein Speichel mehr da, man ist erschöpft, und dann schlägt sie manchmal zu, die Stimme, und sagt wieder was. Das trifft mich mit einer Wucht, ich weiß nicht, wie ich das beschreiben soll. Sie haben bestimmt schon von mir gehört, Büro Woll, Lindenallee, Entwurf, Planung, Bauleitung, Facility Management, Nutzerkoordination. Ich habe alles getan, was ein Mann tun muss, wie man sagt, ich habe ein Haus gebaut, ein wunderbares Haus im Grünen, direkt beim Flüsschen, da kann man zu sich selbst finden, ich habe eine Frau und einen Sohn, mittlerweile lebt der in Australien, ist zweiundzwanzig, führt sein eigenes Leben, ich habe ihn zur Selbständigkeit erzogen, ich habe einen Baum gepflanzt, man soll doch einen Baum pflanzen, ich habe sogar mehrere gepflanzt in meinem Garten, ich habe also alles erledigt, was ein Mann tun soll, wie Konfuzius sagt oder wer auch immer: Kind, Haus, Baum, dazu mein Beruf. Bin glücklich gewesen, vor allem mit meiner Frau. Meine Frau und ich, wir sind seit mehr als fünfundzwanzig Jahren zusammen. Eigentlich kann ich mit allem, was mich bedrängt, zu meiner Frau gehen, nur als diese Stimme auftauchte, nein, das hab ich ihr verheimlicht, und jetzt, seit einer Woche, also nach meinem Auszug, die Sache ist nicht so einfach, wie sich das anhört, wissen Sie, ich tue mich selber schwer damit, klarzukommen, was passiert ist in meinem Leben, so ist das eben, da kann man nichts machen, und meine Frau wird mir niemals verzeihen, dass ich sie geschlagen habe. Aber da konnte ich nichts für, das war nicht ich selbst, das war eine Sache, die mir entglitten ist, ich hätte nie von mir aus meine Frau geschlagen, ich bin alles andere als ein gewalttätiger Mensch, das müssen Sie mir glauben, ich könnte keiner Fliege was zuleide tun, nein, ich weiß noch, als meine Klassenkameraden, wir waren damals zehn Jahre alt, eine Fliege gefangen und ihr die Flügel ausgerissen und das Feuerzeug auf maximale Flammengröße gestellt und mit einem Feuerstoß die Fliege weggezischt haben, die Fliege ist zusammengeschnurrt und war tot, da haben alle gelacht, nur ich, ich war entsetzt. Nein, dieser Schlag, das war kein Ausrutscher, es war keine Wut, nein, es war eine eiskalte Tat, es gab keinen Anlass dafür, und vielleicht war genau *das* der Anlass, dass es keinen Anlass gab, und danach musste ich ausziehen, natürlich, und ich danke Ihnen, Herr Mollenhaupt, dass Sie so schnell einen Termin für mich einrichten konnten. Soll ich Ihnen erzählen, wann ich zum ersten Mal die Stimme hörte? Vor fünf Wochen, ich weiß es genau, es war der letzte Tag meines Urlaubs, ein Sonntag, ich bummelte durch die Stadt, die Sonne schien, ich grinste und sagte mir, Mensch, Sebastian, du hast es geschafft, und ich zählte mir vor meinem geistigen Ohr all die Erfolge auf, all die Dinge, die mir in meinem Leben gelungen sind, all das, was ich Ihnen schon angedeutet habe, mehr, sagte ich mir, kann ein Mensch nicht erreichen, und vielleicht kennen Sie das, Herr Mollenhaupt, wenn Sie ein pures Glücksgefühl übermannt? Ich habe dieses Gefühl ausgekostet, es ist mir gelungen, was die meisten Menschen sich wie nichts auf der Welt wünschen, das anhaltende Glück, das konservierte Glück, es pulsiert nicht immer mit der gleichen Stärke, es gibt Momente, in denen es dem Leben einen wohligen

Grundton verleiht, und Momente, in denen es so stark pocht und leuchtet und sprudelt, dass man es schier nicht aushalten kann, dass man geblendet ist und überschwemmt von der Urgewalt, und auch an diesem Sonntag war das so, dass ich nur die Augen schließen konnte, dort, in der Fußgängerzone, die Arme ausbreiten und sagen konnte: Ich bin es, der Glückliche. Ich stand vollkommen im Blitz, bis ich plötzlich merkte, dass da etwas geschah, dass da etwas über mich kam, wie ein Sausen zunächst, und ich wusste in diesem Augenblick schon, dass sich etwas ändern würde in meinem Leben, auf radikale Weise, fragen Sie mich nicht, woher ich das wusste, jedenfalls stand ich da und hörte die Stimme. Sie ging mir durch und durch, ich wankte, griff mir an die Stirn, beinah hätte sie mich buchstäblich umgeworfen, die Stimme, und ein Passant trat auf mich zu und fragte mich, ist Ihnen nicht gut, nein, sagte ich, mir ist nicht gut. Kommen Sie, sagte er und führte mich zu einer Bank, und ich setzte mich und erholte mich nur mühsam von den Worten der Stimme. Und ich wusste sofort, dass die Stimme nicht aus mir kam, ich hörte die Stimme nicht etwa mit inneren Ohren, nein, die Stimme war schon draußen, in der Welt, weshalb ich sofort den Mann, der mir geholfen hatte, fragte, ob auch *er* die Stimme gehört hatte, doch er fragte zurück, welche Stimme?, und da wusste ich, dass die Stimme zwar von außen kam, aber nur für mich bestimmt war, nur für meine Ohren, ich saß da und schaute mich um und wartete darauf, dass die Stimme weiter zu mir sprach. Aber sie schwieg. Sie müssen sich noch einmal in meine Situation versetzen. Ich – glücklich, zufrieden, alles erreicht. Stehe dort, in Erwartung der frohen Zukunft. Und dann aus dem Nichts: die Stimme. Sie wollen jetzt sicher wissen, was genau sie mir sagte? Kein Problem. Der, der, der genaue Wortlaut? Ja? Die Stimme fragte mich: *Und jetzt?* Das war alles. Nicht mehr und nicht weniger. Aber ich wusste genau, was sie meinte: *Und jetzt?*, fragte sie. Sofort dachte ich, das kann nicht alles sein. Nur des Glücks wegen leben: Das kann nicht alles sein. Es muss noch mehr geben. Der Passant nickte mir zu und ließ mich allein. Warum lässt er mich allein?, fragte ich mich. Allein, dachte ich plötzlich. Dieses Wort. Fühlte mich so allein und dachte an meinen Sohn, der in Australien lebt, mein Sohn, dachte ich, der ist so weit weg, da drüben, ganz allein, in einem Hochhaus in der Flinders Lane, East Melbourne, ich bin erst einmal dort gewesen, das ist in der Nähe der Treasury Gardens, keine sonderlich ruhige Gegend, man kann die Züge hören, aber in diesem Augenblick, da spürte ich, dass auch mein Sohn sich gerade allein fühlte, Marc heißt er. Und kennen Sie das? Wenn sie die Traurigkeit eines anderen Menschen spüren? Wenn sie fühlen, wie der andere Mensch leidet? Der geliebte Mensch? Eine bittere Traurigkeit. Ich dachte, vielleicht sitzt er einsam im Verge Restaurant nebenan oder schlendert ohne Interesse durch die Aboriginal Art Galleries, vielleicht steht er im Architext Bookshop, kaum zweihundert Meter entfernt, und denkt an mich, egal, in jedem Fall ist er allein. Aber diese Traurigkeit bekam mit einem Mal eine völlig neue Färbung, etwas wie, ich weiß nicht, Schadenfreude, nein, ich weiß nicht, Herr Mollenhaupt, mir fällt auf, dass Sie gar nicht so viel reden, wie ich dachte, vielleicht gibt er mir Ratschläge, dachte ich, aber wahrscheinlich ist das längst überholt in der Psychotherapie, aber etwas mehr Beteiligung Ihrerseits hätte ich mir schon gewünscht, oder liegt das daran, dass ich hier so ohne Punkt und Komma rede, das wird es sein, aber Sie wissen ja, dass ich eine Pause im Gespräch nicht aushalten kann aus den genannten Gründen, daher bitte ich Sie, dass Sie, falls Sie etwas zu sagen haben, mir einfach gnadenlos ins Wort fallen. Aber bitte, Herr Mollenhaupt, ziehen Sie keine voreiligen Schlüsse, ich hasse es, wenn man alles in Schubladen sperrt. Ich brauche einen Psychologen, der in der Lage ist, frei von allem, was er je in seinem Leben gelernt hat, an den Menschen heranzugehen. Sehen Sie, ich kann mir vorstellen, Sie haben jahrelang studiert. Sie kennen sich aus. Sie wissen alles. Sie sind eine Koryphäe, Sie halten Vorträge, und da erwarte ich von Ihnen, dass Sie Ihr gesamtes Wissen einfach vergessen können. Ich bin der festen Überzeugung, dass ein Psychologe nur helfen kann, wenn er in der Lage ist, alles zu vergessen, was er gelernt hat. Wenn er dem Menschen unvoreingenommen gegenübersitzt. Stellen Sie sich vor, was passiert, wenn ich hier rede, und während ich rede, rattert es schon in Ihrem Kopf wie in einem Spielautomaten, Sie denken, was könnte das sein, was könnte er haben, wie könnte ich ihm helfen, und all die abertausend Seiten Papier, die Sie in Ihrem Studium lesen mussten, rattern und rattern, bis es irgendwann klick macht, und dann bleiben drei Sterne stehen in Ihrem Gehirnspielautomaten, Sie sagen, ich hab's, ich weiß, woran er krankt, ich hab die Diagnose, und wenn ich die Diagnose hab, dann steht auf der Rückseite der Diagnose schon die Therapieform, stellen Sie sich vor, das würde passieren, das wäre ja grauenhaft, aber ich bin mir sicher, das geschieht ständig, in Abertausenden von Praxen geschieht dies, tagaus, tagein, weil die Psychologen so gut ausgebildet sind, weil sie so viel wissen, und dabei geht es nur darum, von diesem Wissen abzusehen, das Wissen über Bord zu werfen, um ganz nah beim Menschen zu sein, der vor einem sitzt, und das ist sicher das Schwierigste, da zeigt sich der Meister, und deshalb bin ich zu Ihnen gekommen, weil ich mir das von Ihnen erhoffe, weil ich will, dass Sie nicht gleich eine Diagnose erstellen, Schizophrenie oder Tourettesyndrom oder krude narzisstische Störung oder was Ihnen sonst noch einfällt oder einfallen könnte, nein, ich hasse die Schubladen der Psychologie, ich hasse sie, ich will nicht in eine solche gesteckt werden. Egal. Ich verbrachte die nächsten Wochen in irrer innerer Anspannung, mit angehaltenem Atem, weil ich immer dachte, die Stimme könnte auftauchen, von irgendwoher, ich habe immer nur darauf gelauert, dass es geschehen könnte, und es geschah auch, immer dann, wenn ich es am wenigsten gebrauchen konnte, in Gesprächen mit Kunden zum Beispiel, wenn mich ein Kunde fragte, wo denn das Bücherregal zu platzieren sei, um den Effekt der größtmöglichen Praktikabilität mit den Effekten der größtmöglichen Unauffälligkeit oder Eleganz zu koppeln, und in diesen Augenblicken, mitten ins erwartungsvolle Schweigen des Kunden, hörte ich die Stimme, die mich fragte: *Interessiert dich das?*, und ich brach die Kundengespräche ab. Anfangs habe ich mich noch bei den Kunden entschuldigt und gesagt, mir sei nicht gut, aber sehr schnell habe ich in solchen Gesprächen nur den Kopf geschüttelt und bin einfach gegangen. Und dann klingelte zu Hause das Telefon, und eigentlich freue ich mich darauf wie auf nichts anderes, wenn mein Sohn anruft, das müssen Sie mir glauben, mit niemandem bin ich so sehr verbunden wie mit meinem Sohn, niemandem habe ich so viel Zeit und Geduld und Liebe geschenkt wie meinem Sohn, ich habe ihn nächtelang durch die Wohnung getragen, als er ein Baby war, in Froschhaltung an meine Brust gekauert, mit dem Daumen im Mund, den Geruch des Vaters eingesaugt hat er und Geborgenheit getankt, alles würde ich für meinen Sohn tun, ich fiebere dem Anruf meines Sohns wie nichts auf der Welt entgegen, um zu erfahren, wie es ihm geht. Aber an diesem Tag hörte ich meinen Sohn sprechen und mein Herz rührte sich nicht, ich hob ab, er sagte, Marc hier, ich sagte, hallo Marc, und er redete, aber ich starrte nur zur spärlich beleuchteten Wand, und auf der Wand zeichnete sich ein hässliches Gesicht ab, und ich dachte, das Gesicht passt zu dieser Stimme, die sich in mein Leben gestohlen hat, ich hörte gar nicht richtig auf das, was mein Sohn mir sagte. Es fiel das Wort Heimweh, und für gewöhnlich hätte ich sofort eine Chance gewittert, hätte ihm gesagt, komm zurück, mein Junge, wir haben immer einen Platz für dich, du kannst auch hier bei uns studieren, wir geben dir alles, was du brauchst, aber ich sah nur auf das Gesicht in der Wand, das der Stimme gehörte, und ich sagte meinem Jungen, da musst du durch. Er schwieg, überrascht, traurig über diese Worte, ich selber war genauso überrascht, aber in mir stahl sich eine klammheimliche Freude hoch, es war die Freude, einem Menschen wehzutun, den man liebt, ja, einem Menschen wehzutun, den man liebt, kann viel mehr Freude bereiten, als jemandem wehzutun, den man hasst, diese klammheimliche Freude, das ist ein perfides Gemisch aus Enttäuschungssucht, Liebessattheit und vorauseilender Reue, aus Bindungsüberdruss und Freiheitsdrang, aber ich kannte das Gefühl nicht, bis zu dem Moment, da ich meinem Sohn sagte, da musst du durch, und dann sagte ich nichts mehr, und er auch nicht, wir schwiegen uns an über Tausende von Kilometern, ich starrte auf die stumme Stimme in der Wand, und mein Sohn starrte wohl auf das Telefon vor ihm oder aus dem Fenster auf das Schönheitsstudio, ihm werden Tränen in die Augen getreten sein, selber schuld, dachte ich, was springst du in East Melbourne herum, was machst du da?, ich sagte aber nichts, sagte nur noch, ich müsse zurück an die Arbeit, auf bald, sagte er, auf bald, sagte ich, hab euch lieb, sagte mein Sohn, und ciao, sagte ich, ciao, genau, nicht, hab dich auch lieb, nein, ciao, sagte ich, legte auf, und die Stimme sagte: *Na also, geht doch.* Nicht mehr, nicht weniger. *Geht doch.* Von diesem Augenblick an wurde ich immer aggressiver. Dieser Hass auf alles, was ich erreicht habe, dieser abgrundtiefe Hass, diese Klebrigkeit des Wohlbefindens, wir sind dazu verdammt, wir können es nicht aushalten, es fegt uns weg, das Glück als dehnbarer Zustand, ich habe es erlebt, früher oder später hört jeder diese Stimme, die ihm das Glück versalzt, so, wie ich die Stimme gehört habe. Ich weiß gar nicht mehr, was sie sagte, die Stimme, an diesem Abend, an dem ich meine Frau schlug, ich weiß nur noch, was meine Frau sagte, ganz genau, sie sagte: Bringst du mir bitte die Fernbedienung? Ich stand auf und hatte wirklich und ehrlich vor, ihr die Fernbedienung zu bringen, sah meine Frau dort sitzen auf dem Sofa, in ihren Schlappen, in diesen grüngelben Schlappen, in ihrem Bademantel, diesem rüschigen rosa Bademantel, sie war frisch geduscht und roch nach Vanille und Kokos, ein Handtuch im Haar, sie saß da, wie sie oft dasaß, an vielen Abenden, die Fernbedienung lag bei mir auf dem Esstisch, ich ging zu meiner Frau, und sie hatte den Kopf zurückgelehnt, massierte sich den Nacken, mit geschlossenen Augen, und erst als ich ihr die Fernbedienung reichen wollte, merkte ich, dass ich sie auf dem Tisch hatte liegen lassen, und genau in diesem Augenblick schlug ich zu, es gab keinen Grund, aber ich tat es, ich musste es tun, was die prompte Trennung zur Folge hatte, da gibt es nicht mehr viel zu diskutieren. Sehen Sie, Herr Mollenhaupt, diese Stimme ist gekommen und hat mir mein Leben unter den Füßen weggerissen, nicht ich war es, der nun handelte, sondern die Stimme, die über mich kam und die mich langsam, aber sicher alles zertrümmern ließ, was ich mir über Jahrzehnte hinweg aufgebaut hatte. Meine Firma, ich habe eine diebische Freude daran, meine Firma zu vernichten! Bekomme ich Anrufe von Kunden, sage ich ihnen, wir haben keine Kapazitäten mehr, obwohl das gelogen ist, wir hätten noch genügend Kapazitäten, wir haben ja immer mehr Kapazitäten, je hartnäckiger ich die Leute verscheuche, aber ich frage Sie, Herr Mollenhaupt, was ist der Sinn, wofür tun wir das alles, was gibt uns das? Das stagnierende

Glück, das ist der Anfang vom Ende, es ist die Schwester des Todes. Ich werde Insolvenz anmelden, das wird ratzfatz gehen, ich habe das Haus meiner Frau und meinem Sohn überschrieben, mein Sohn hat seinen Besuch angekündigt, aber er wird mich hier nicht mehr finden, er will nach dem Rechten sehen, will wissen, was mit mir los ist. Ja, was ist mit mir los? Ich bin wieder unten, Herr Mollenhaupt, am Anfang, ein Weg liegt vor mir, frei, nichts vorgegeben, ohne Bindung, ohne irgendwas, ist es das, was die Stimme mir hat schenken wollen? Das jedenfalls rede ich mir ein. Ich hoffe so sehr, dass die Stimme jetzt schweigt. Dann wieder denke ich, noch ist mir nicht alles genommen! Was, wenn die Stimme mir auch noch das nehmen will, was mir geblieben ist: mein Leben? Ich rede so viel, weil ich fürchte, die Stimme wird noch mehr verlangen, weil ich fürchte, wenn ich schweige, wird sie über mich kommen und *Steig ins Auto* sagen, und ich werde aufstehen und ins Auto steigen, und ich werde zur Brücke fahren, zur Autobahnbrücke, sechzig Meter hoch, ich werde aus dem Auto steigen und um das Auto herumlaufen, und die Stimme wird sagen: *Spring.* Und die Sekunden, in denen ich fliege, Herr Mollenhaupt, davor habe ich am meisten Angst, in diesen Sekunden werde ich zu mir kommen. Davor graut mir, vor den Sekunden, in denen mir klar wird, dass ich alles weggeworfen habe, was ein Mensch wegwerfen kann, davor graut mir, dass ich dort fliege und mir im Augenblick des Fliegens nichts so sehr wünsche, als anzuhalten, umzukehren, davor habe ich Angst. Nein. Das kann. Das darf. Das wird nicht geschehen, nein. Die Stimme hat doch erreicht, was sie erreichen wollte, ich bin wieder unten, am Anfang, das muss es sein, was die Stimme mir hat schenken wollen, nicht mehr, nicht weniger. Irgendwann, Herr Mollenhaupt, irgendwann muss doch Schluss sein. Und ich frage mich, weshalb ich hier sitze, Herr Mollenhaupt, es geht mir nicht gut, ich bin am Ende, aber wenn wir am Ende sind, sind wir zugleich am Anfang. Wir bleiben unser Leben lang Kinder, die den Turm aus Bauklötzen niemals stehen lassen können. Ich bin froh, dass ich es so offen aussprechen kann, Sie sind ein guter Therapeut, Herr Mollenhaupt, ich danke Ihnen für Ihre Geduld, Ihre Therapie, das funktioniert ganz wunderbar, Ihre, wie soll ich das nennen, Ihre monologzentrierte Klientherapie oder klientenzentrierte Monologtherapie, das hat mich geheilt, das hat mir die Gewissheit gegeben, dass alles, was ich tue, einen Sinn ergibt, ich leide wie ein Hund, Herr Mollenhaupt, aber nur, weil ich leide, habe ich das Gefühl, am Leben zu sein, ins Leid bin ich geheilt, werde nun gehen, Herr Mollenhaupt, ich denke nicht, dass ich noch mal wiederkomme, die Stimme wird zu sprechen aufhören, sie muss zu sprechen aufhören, alles andere ist nicht denkbar, sie hat erreicht, was sie wollte, ihr Werk ist vollbracht, ich kann neu beginnen, mein Leben aufzubauen, um es dann wieder umzuwerfen, so lange, bis das Leben selbst sich am Schluss umwerfen wird, der letzte Turm, der Turm des Atmens. Ich danke Ihnen. Nein, nein, bleiben Sie sitzen, Herr Mollenhaupt, ich finde schon selber raus.

Ins Kalte

Ich bin zum Aquarium gegangen und habe den Stecker gezogen. Ich habe nicht auf die Fischgesichter geachtet. Ich bin mit dem Bassin zum Haus meiner Nachbarin gegangen. Ich habe mit dem Ellbogen geklingelt. Sie hat mir aufgemacht. Wir haben Worte der Begrüßung gewechselt. Ich habe das Aquarium in ihr Wohnzimmer gebracht und auf ein Sideboard gestellt. Ich habe den Stecker eingesteckt und um Tesafilm gebeten. Sie hat mir zugenickt und das Klebeband gereicht. Ich habe ihr gedankt und den Fütterungsplan an die Front des Aquariums geklebt. Sie hat zugesehen und gesagt, »Fische ziehen immer solche Schnuten.«

Am Flughafen bin ich durch die Hallen gestreift. Ich habe gewartet. Ich war viel zu früh. Ich habe Zeitungen aus dem Ständer genommen und wieder zurückgesteckt. Den Aktenkoffer habe ich währenddessen nicht losgelassen.

Im Flugzeug neben mir saß eine Frau mittleren Alters. Sie hat ihre Schuhe ausgezogen. Es waren Schuhe mit sehr hohen Absätzen. Sie hat abwechselnd ihre nackten Füße massiert. Zunächst hat sie den rechten Fuß auf den linken Schenkel gelegt und ihn massiert. Dann hat sie den linken Fuß auf den rechten Schenkel gelegt und ihn massiert. Ihre Zehennägel waren frisch pedikürt und mit violetter Farbe bestrichen. Die mit Fleisch ummantelten Knöchel an den Innenseiten beider Füße standen sehr weit hervor.

Das Flugzeug hat sich seinem Ziel genähert: Tucson, Arizona. Ich habe den Sitz in eine aufrechte Position gebracht. Im riesigen Faltenbus, der die Passagiere vom Flugzeug zum Terminal chauffiert hat, ist mir ein Kaugummi ins Auge gefallen. Es hat weit, weit oben an einer der Haltestangen geklebt. Ich habe mich gefragt, wie es dorthin gelangt ist. Die Scheiben waren schmutzig. Als hätte sich ein Sandsturm in der Nacht über die frei stehenden Busse gelegt. In den Ritzen der Fenster: Krümel.

Ich bin im Hotel angekommen. Einfaches Mittelklassehotel. Ohne Schnörkel und Schnickschnack. Wo mein Gepäck sei, hat man mich gefragt. Ich habe auf meinen Aktenkoffer gedeutet. Ich bin die Treppen hochgestiegen, hinauf in den dritten Stock.

Am nächsten Morgen habe ich mir ein Taxi kommen lassen. Das Taxi hat mich zum Institut gebracht. Die Fahrt hat eine halbe Stunde gedauert. Beim Institut bin ich an der Pforte empfangen worden. Von einem Mann, etwa Ende dreißig. Er hat mich ernst angeschaut und mir die Hand gereicht. Ich habe ihn auch ernst angeschaut und ihm die Hand gereicht, dann habe ich meinen Blick nach oben schweifen lassen, und ich habe – ein Stück entfernt – einen Heißluftballon gesehen, der am Himmel klebte und sich nicht zu bewegen schien.

Der Mann hat mich ins Institut geführt. Es gab einen großen Eingangs- und Lounge-Bereich. Keine anderen Menschen. Ich musste nicht warten. Der Mann hieß Miller. Er führte mich die Treppe hinauf in ein besonders schönes Zimmer. Dort war alles Erdenkliche für mich bereitgestellt worden: Getränke und Essen und Zeitschriften. Dazu ein ganzer Stapel ein- und desselben Kinderbuchs mit dem Titel: *Der Tod ist falsch. Death Is Wrong.* Zum kostenlosen Mitnehmen. Und jede Menge Broschüren. Ich habe alles unberührt gelassen und mich auf ein Plüschsofa gesetzt, das ein wenig geknarzt hat. Miller hat mich allein gelassen.

Schon nach wenigen Minuten ist Doktor Cynthia Livingston hereingekommen, und ich bin aufgestanden und habe sie mit einem Handschlag begrüßt. Bleiben Sie sitzen, hat sie gesagt. Sie hat sich zu mir gesetzt, in einen Sessel schräg gegenüber. Zwischen uns stand nur das Tischchen mit meinem Aktenkoffer. Ich habe zum Aktenkoffer gegriffen, um ihn zu öffnen. Doktor Livingston hat die Hand gehoben und gesagt: »Das hat Zeit.«

»Nein«, habe ich gesagt, »Ich will es jetzt hinter mich bringen.«

Ich habe den Koffer geöffnet und zu ihr hingedreht. Sie hat ein Bündel Tausender herausgenommen und durch die Fingerkuppen gleiten lassen wie ein Daumenkino.

»Eine halbe Million?«

»Ich habe das Haus verkauft.«

»Und wann, denken Sie, sind Sie so weit?«

»Wenn ich die entsprechenden Worte sage.«

»Verstehe.«

»Wie lange haben Sie Zeit für mich?«

»Den ganzen Tag. Bei dem, was Sie zahlen.«

»Ein ganzer Tag ist mir zu lang. Ich möchte nur drei Stunden. Zur inneren Vorbereitung. Drei Stunden. Innerhalb dieser Zeit muss ich mich entscheiden. Wenn ich innerhalb dieser Zeit den Befehl nicht erteilt habe, schicken Sie mich wieder hinaus.«

Doktor Livingston zog Papiere hervor. Ich habe sie unterzeichnet. Ohne zu lesen. Anschließend sind wir durch die Einrichtung gegangen. Doktor Livingston hat mir alles gezeigt. Ich habe immer noch keine anderen Menschen gesehen. Nirgends. Alles ist still gewesen und wie ausgestorben. Der ganze Tag für mich reserviert. Für mich. Und meinen Tod.

Das Institut, hat Doktor Livingston gesagt, sei eine der weniger bekannten Einrichtungen zur kryostatischen Lagerung in Amerika. Aber dafür, hat sie gesagt, seien sie offen für vieles Neue. Sie hat jetzt einiges von dem wiederholt, worüber wir bereits am Telefon gesprochen hatten.

»Unser Institut«, hat sie gesagt, »ist im Grunde genommen ein Beerdigungsinstitut. Ich weiß nicht, warum man uns so kritisch beäugt. Die Menschen«, hat sie gesagt, »wollen ihre Körper verbrennen zu Asche? Oder in einem Holzkasten in die Erde gelassen werden? Bakterien sollen ihre Körper zersetzen? Warum? Weil man das immer schon so macht? Für uns sind diese herkömmlichen Bestattungsrituale nichts als Selbstmord am toten Körper. Suizid post mortem. Unser Institut hier hat es sich zur Aufgabe gemacht, für eine Instandhaltung des menschlichen Körpers zu kämpfen. Auch nach dem Tod bleibt der Mensch Mensch. Der Tod ist für uns nur ein Betriebsunfall, ein Versagen der Hardware, eine Sicherung, die herausgesprungen ist, aber nichts, was sich nicht wieder rückgängig machen ließe. Der Tod ist keineswegs unumstößlich. Er existiert hier nicht, der Tod. Es gibt keine Toten bei uns, es gibt nur Patienten, und die Patienten sind suspendiert, vom Leben suspendiert, man weiß nicht, für wie lange.«

Als ich zum ersten Mal mit ihr gesprochen habe, vor etwa drei Wochen, ist mir die Sanftheit ihrer Stimme aufgefallen, ich mochte ihre Stimme sofort. Sie klang angenehm beruhigend, wie das stete und gleichmäßige Atmen eines Leierkastens, aber unterfüttert mit einem immer wieder überraschenden Feuer zwischen den Worten. Doktor Livingston hat damals, bei unserem ersten Gespräch, am Telefon, über Tausende von Meilen hinweg, von den alten Ägyptern gesprochen, vom Mumifizieren als Umgangsweise mit dem Tod, die sie annähernd nachvollziehen könne.

Jetzt, im Institut, schien meine Begleiterin über etwas nachzudenken, denn sie hat eine Weile nichts gesagt. Wir haben uns angesehen. Während wir uns angesehen haben, haben wir weiter geschwiegen. Es ist ein angenehmer Augenblick gewesen. Ihrem Blick nicht auszuweichen und nichts zu sagen zugleich.

»Der tote Körper ist unser höchstes Gut«, hat sie auf einmal geflüstert. »Der tote Körper ist unser Kapital. Vor allen Dingen der tote Kopf – das tote Hirn. Das Gehirn, das die alten Ägypter durch die Nase aus dem Körper gezogen und weggeworfen haben, während sie das Herz in der Brust beließen. Aber die Ägypter konnten es damals nicht wissen. Immerhin haben sie den Leichnam verwahrt, ihn in den Lauf der Jahrhunderte geschickt, statt ins Nichts. Das Herz war ihnen wichtiger als der Kopf. Sie dachten, im Herzen sitzt der Mensch. Die Seele. Das Ich. Die Wahrheit. Heute wissen wir, Kopf sticht Herz, das Herz ist nur ein Muskel, eine Pumpe. Nichts sind wir ohne Hirn. Der tote Kopf ist die Krone des Körpers. Der Kopf, der capus ist unser Kapital. Daher haben viele unserer Patienten sich dazu entschlossen, lediglich ihren Kopf konservieren zu lassen. Den Kopf mit dem gläsernen Bewusstsein. Uns nur den Kopf zu überlassen, ist wesentlich günstiger aufgrund des geringeren Raums, den wir dafür zur Verfügung stellen müssen. Die Kopfkonservierung kostet 80 000 Dollar, die des ganzen Körpers 200 000. Die 300 000, die Sie zusätzlich zahlen, ist Ihrem besonderen Wunsch geschuldet.«

Wir sind vor einer Tür stehen geblieben. »Das hier«, hat Doktor Livingston etwas feierlicher gesagt, »ist der Kopfraum. So nennen wir den Raum, in dem die Köpfe lagern. Eingefasst und gekühlt vom flüssigen Stickstoff. Tut das nicht gut?«, hat sie jetzt gefragt. »Allein der Gedanke daran? Das muss doch guttun, oder? Wie ein eiskalter Lappen gegen die Stirn bei Fieber? Kommen Sie. Schauen Sie es sich an.«

Wir haben den Raum betreten. Ich habe mehr als zwanzig runde Behälter aus Edelstahl gezählt. Etwa halb so groß wie ich. Der Boden hat ausgesehen, als sei er aus Eis, spiegelglatt und rutschig, aber als ich darüber gegangen bin, hat er sich als trittfest erwiesen.

»Wer hat die Köpfe abgesägt?«

»Unser Ärzteteam.«

»Was ist mit den Körpern geschehen?«

»Herkömmliche Leichenentsorgung.«

»In jedem Tank liegt ein einzelner Kopf?«

»Vier bis fünf pro Tank.«

Doktor Livingston hat den Deckel eines runden Tanks geöffnet und ihn nach hinten gekippt. Es ist ein wenig Dampf aus dem Tank gequollen. Weißer Dampf. Ich habe auf eine Schicht Eis geblickt. Auf eine Art schwarzes Loch darunter. Ich habe nichts erkennen können. Keinen Schädel. Der Tank war groß genug für fünf Köpfe. Doktor Livingston hat den Deckel wieder geschlossen. Sie ist zur Wand gegangen, hat auf eine Anzeige geschaut, und wir haben den Raum verlassen.

»Es ist kein Einfrieren«, hat sie gesagt, während wir weitergegangen sind. »Die Technik heißt Vitrifizieren. Ich erkläre es Ihnen gern noch einmal. Am Anfang war nicht das Wort, sondern die Materie. Die Zelle. Das Blut. Das Blut aber ist ein mieser Schuft. Für unsere Zwecke. Wenn wir Ihren toten Körper in flüssigen Stickstoff tunken, in die Kälte von minus 196 Grad Celsius, was passiert dann? Ihr Körper wird komplett zerstört. Sehen Sie, wenn man Sie einfriert, vereisen Blut und Wasser im Körper. Es bilden sich gefährliche Kristalle. Tödliche Spitzen. Skorpionstachel. Das gefrorene Blut und das gefrorene Wasser würden jede einzelne Zelle erdolchen. Den eigenen Körper zu Tode stechen. Sind die Zellen aber erst einmal zerstört, ist keine Rettung mehr möglich. Weder jetzt noch in fernster Zukunft. Zellen sind das, was wir Leben nennen. Zellen sind Zukunft und Sein. Zellen sind die Götter, die uns erschaffen haben. Zellen gilt es zu schützen. Daher gibt es nur eine Möglichkeit, die Zellen zu retten: Indem man das tödliche Blut, das für den toten Körper tödliche Blut entfernt. Das Blut muss weg! Als Erstes! Das Blut muss aus dem Körper. Das Blut ist unser größter Feind. Das Blut und das Wasser. Einfach jede Flüssigkeit. Wir pumpen es raus, das Blut, wir lassen es ab, das Wasser. Und dann spritzen wir Frostschutzmittel: Dimethylsulfoxid, Formamid und Ethylenglykol. Verstehen Sie? Täte man es nicht, wären Körper und Gehirn sofort verloren. So aber werden Gehirn und Körper vitrifiziert. Das bedeutet eben nicht: vereist. Es bedeutet nicht: eingefroren. Es bedeutet: vergläsert. Wie im Märchen. Sie liegen im ewigen Schlaf. Im gläsernen Sarg ihres Körpers. Bereit, wieder aufgeweckt zu werden. Aber nicht durch einen Kuss.«

»Und dann?«, habe ich gefragt. »In der Zukunft?«

»Wir machen keine Heilsversprechen«, hat Doktor Livingston gesagt. »Das wäre nicht seriös. Alle möglichen Zukunftsprognosen – diesbezüglich sind wir klar, offen, gläsern, transparent gegenüber jedermann –, alle Prognosen und Vermutungen sind nichts als Zuckerstücke aus Möglichkeiten und Hoffnungen. Alle Patienten in den Tanks haben gehofft, dass man sie eines Tages wieder zum Leben erweckt, dann nämlich, wenn in der Zukunft die Technik so weit fortgeschritten ist, dass eine solche Maßnahme gelingen kann. Wir hoffen, dass die künftigen Menschen einen Weg gefunden haben werden, Sie aus der Kälte zurück ins Leben zu hauchen. Doch wir sind ehrlich. Wir wissen nicht, ob all dies jemals stattfinden wird. Es gibt viele offene Fragen. Ich weiß nur, dass wir den Menschen eine Chance verkaufen, eine Möglichkeit! Für alle, die sich haben verbrennen lassen, und für alle, die sich haben begraben lassen, ist der Exitus ein endgültiger, es gibt keinerlei Möglichkeit und keinerlei Hoffnung mehr. Wir aber haben immerhin eine Chance, und mit wir meine ich uns, denn auch ich selber werde mich kurz nach meinem Tod vergläsern lassen. Wenn die Chance nur ein Milliardstel beträgt, so ist es immerhin eine Chance. Jede noch so winzige Chance ist besser als keine. Denn wir wollen nicht sterben. Mit dem Tod verliert jegliches Leben den Sinn. Es wird entkernt. Sinnentkernt. Mit dem Tod im Rücken, nein, mit dem Tod vor der Stirn, wird nichts, was Sie tun, einen Sinn ergeben, denn alles, was Sie tun, wird vergeblich sein. Vergeblichkeit ist die Schwester der Sinnlosigkeit. Wenn Sie aber Hoffnung haben, und sei sie noch so klein, wenn Sie Hoffnung haben, dem Tod zu entrinnen, so wird neue Sonne Ihre Welt fluten, Ihr Hirn, Sie selbst.«

Doktor Livingston hat jetzt eine längere Pause gemacht, ist einfach stehen geblieben, dort, wo wir uns gerade befunden haben, mitten im Flur. Sie hat auf den Boden geschaut, sie hat sich nicht bewegt, beinahe, als erstarre sie selber kurzzeitig. Ich habe den Atem angehalten und sie angeschaut. Die langen, braunen Haare zu einem strengen, aber eleganten Zopf zusammengebunden, die Augenbrauen stark gezupft, vielleicht achtunddreißig, etwa zehn Jahre jünger als ich, und sie ist still da gestanden, in ihrem weißen Kittel, der bis zu den Kniekehlen reichte und ihren Körper verborgen hat. Ich habe nur sehen können, dass sie klein und schlank ist, die winzigen Füße in weißen Turnschuhen ohne Strümpfe oder Socken. Sie hat sich bei mir eingehakt. Ich habe nicht gewusst, weshalb. Ich habe ihren rechten Arm unter meinem linken Ellbogen gespürt. Sie hat sich beim Gehen ein wenig an mich geschmiegt.

»Kommen Sie mir nicht mit Religion«, hat sie gesagt. »Millionen Menschen, wenn nicht Milliarden, glauben an die Auferstehung. Sogar an die Auferstehung des Fleisches. Uralte Geschichten. Wir sind zukunftsorientiert. Die Religion blickt zurück. Das Christentum zieht seinen Sinn aus einem Menschen, der vor zwei Jahrtausenden gelebt hat. Wir dagegen ziehen unseren Sinn aus Menschen, die in fünfhundert Jahren leben werden. Wir alle haben genug von den alten Geschichten. Wir wollen neue. Und sehen Sie. Unter uns gesagt: Es wird klappen. Ich bin mir sicher. Schon jetzt sind wir in der Lage, einzelne Organe zu vitrifizieren. Man hat die Niere eines Kaninchens vitrifiziert, aufgewärmt und transplantiert – in ein anderes, lebendes Kaninchen hinein. Und von allerkleinsten Lebewesen wurden ganze

Exemplare wieder zum Leben erweckt. Der Faden-
wurm C. elegans ist unser Lieblingstier. Weil er so
wenige Zellen besitzt. Beim Wurm C. elegans haben wir
es geschafft. Ja. Ich kenne auch die Schwierigkeiten.
Das giftige, tödliche Frostschutzmittel: Wie kommt es
wieder aus dem Körper beim Auftauen? Die kalt ge-
stellten Menschen? Wie taut man sie auf? Entweder
passiert es zu langsam oder zu schnell, entweder bilden
sich Eiskristalle oder das Gewebe zersetzt sich. Überhaupt: Wie kann man die Schäden reparieren, die man
dem Körper durch die Vergläserung zugefügt hat? Und
vor allem: Ein jeder Mensch ist vor dem Vergläsern gestorben: Wie soll man ihn überhaupt zum Leben erwecken? Einen Toten? Ich halte dem entgegen: Wo bleibt
die Vorstellungskraft? Es gibt 3D-Drucker für Organe.
In der Zukunft werden alle Organe ersetzt werden können. Durch neue. Durch im Bio-Drucker hergestellte.
In der Zukunft wird es Nanoroboter geben. Sie werden
die beschädigten Zellen reparieren können. In der Zukunft wird man Stammzellen injizieren. Haben Sie
Mut, sich Ihres eigenen Verstandes zu bedienen. Aber
haben Sie noch mehr Mut, sich Ihrer eigenen Fantasie
zu bedienen.«

Dann hat Doktor Livingston mir von den Plaketten
erzählt, die sich jeder Kryoniker um den Hals hängt.
Auf den Plaketten stehe, was man im Falle des Todes zu
unternehmen habe. »Ist der Tod erst festgestellt«, hat
Doktor Livingston gesagt, »muss der Körper frisch und
warm gehalten werden. Das Blut muss fließen. Dies
geschieht mittels Herzdruckmassage und mittels künst-

licher Beatmung. Ein Notarztteam muss den Toten begleiten, hat sie gesagt. Als würde er noch leben. Die Beatmung des toten Körpers ist vonnöten. So schnell wie möglich muss der tote Körper in die dafür vorgesehene kryostatische Einrichtung überführt werden, weshalb sich Kryoniker nie allzu weit von ihrem Institut entfernen, um im Falle des Ablebens so schnell wie irgend möglich zu uns kommen zu können, nach Hause. Sind sie da, so legen wir sofort los. Ja. Der Mensch muss klinisch tot sein. Aber danach geht es um Schnelligkeit. Der Sauerstoff muss weiter fließen. Man muss Vitamin E spritzen. Man braucht Mittel, um eine Blutgerinnung zu verhindern. Der Leichnam muss gekühlt werden. Sofort. Mit Eiswasser. Im Institut werden drei Löcher gebohrt. In den Schädel. Um Überdruck zu verhindern. Damit der Kopf im Stickstoff nicht platzt wie eine Wassermelone, die man auf den Boden wirft. Erst dann wird das Blut ersetzt durch den Gefrierschutz. Und der Kryoniker kommt in das Gefäß mit dem flüssigen Stickstoff. Dort bleibt er bis zum Tag der Auferstehung.«

Ich habe genickt.
   Der Kopf hat mir ein wenig geschwirrt.

»Aber«, hat Doktor Livingston plötzlich gerufen, »das alles ist völlig legal. Jedenfalls in Amerika! Demgegenüber ist das, was *Sie* tun wollen, illegal. Aber ich bewundere Sie für diesen Schritt. Ich unterstütze Ihr Vorhaben vollkommen. Ich sage Ihnen, natürlich nur aus dem Bauch heraus: Ich bin der festen Überzeugung, dass die Chancen, auferweckt zu werden, in Ihrem Fall wesentlich höher sein werden als in allen anderen, herkömmlichen Fällen mit bereits toten Körpern. Ja, ich sage Ihnen voraus: Ihr Vorhaben wird viele Nachahmer finden. Sie sind aus diesem Grund für mich Pionier, Vorreiter, Leuchtturm in der Geschichte der Kryonik. Dennoch muss ich noch einmal betonen: Das, was wir zu tun im Begriffe sind, ist illegal. Die halbe Million im Koffer ist gerechtfertigt. Weil sie den Risiken entspricht, die wir hier auf uns zu nehmen bereit sind. Wenn das herauskommen sollte, dann gnade uns Gott. Den es bekanntlich nicht gibt.«

Sie ist eine Weile still geworden und hat über etwas nachgedacht. Stehen geblieben sind wir nicht. Aber ich habe das Gefühl gehabt, an dieser Stelle des Instituts schon einmal gewesen zu sein.

»Wann genau kam Ihre Diagnose?«
   »Vor ein paar Wochen erst.«
   »Eine finale Diagnose?«
   »Wenn Sie es so nennen wollen.«
   »Was genau wurde festgestellt?«
   »Tödliche Krankheit ist tödliche Krankheit.«
   »Am Tag Ihres Erwachens müssen die künftigen Menschen oder Maschinen so schnell wie möglich wissen, um welche Krankheit es sich handelt. Was nützt es, Sie von den Toten zu erwecken, wenn Sie kurz darauf an einem Tumor sterben?«
   »Ich habe eine detaillierte Krankenakte dabei. Sie liegt unten im Koffer. Ich will nur nicht drüber reden. Das ist alles.«

»Wollen Sie sagen, welcher Zeitraum Ihnen noch
bliebe? Im Lichte heutiger medizinischer Möglichkeiten?«

»Nicht mehr lange. Haben die Ärzte gesagt.«

»Morphiumpflaster?«

»Ja.«

»Inoperabel?«

»Inoperabel.«

»Haben Sie andere Ärzte hinzugezogen?«

»Es gibt vier identische Meinungen.«

»Unumgänglich letal?«

»Definitiv.«

Ich habe sie angeschaut. Die Lippen zu einem Bogen ge-
schwungen, die Nase sehr klein, die Stirn ungewöhnlich
hoch durch den strengen Zopf, die Brille auf den Schopf
geschoben, wodurch ich zum ersten Mal ihre Augen
ohne Glas gesehen habe, und kurz hat sich mir das Bild
in den Kopf geschoben, diesen Lidern jeweils einen
Kuss zu geben, doch schon ist das Bild zerbrochen.

»Wir bekommen 200 000 Dollar für das Konservieren«,
hat Doktor Livingston gesagt. »Die restlichen 300 000
bekommen wir dafür, dass wir Sie töten. Aber haben
Sie keine Sorge. Sie werden nichts von Ihrem eigenen
Tod mitbekommen. Sie werden narkotisiert. Beatmet.
Künstliches Koma und so weiter. Müssen Sie gar nicht
alles wissen. Sie leben noch, wenn wir mit der Behand-
lung beginnen. Wir brauchen keine Herzdruckmassage,
zunächst jedenfalls nicht. Weil Sie noch keine tote Kör-
permasse sind. Wie die anderen, die hier angeliefert

werden. Weil wir bei Ihnen noch einen echten Herzschlag haben. Aber auch Ihnen müssen wir das Blut aus
dem Körper pumpen. Verstehen Sie? Auch Ihnen bleibt
die Prozedur nicht erspart, die Prozedur der Blut-
entleerung. Der Vorteil: Ihr Hirn ist noch aktiv, während der Vorgang beginnt. Natürlich nicht mehr lange.
Das Entfernen des Blutes wird Ihr Herz lahmlegen. Wir
werden mit der Herzdruckmassage beginnen müssen,
aber – und das ist das Vielversprechende, das Wunder-
bare, das Neue, wir werden es *sofort* tun, in dem Augenblick, da der körpereigene Herzschlag aufhört. Natürlich wird das Frostschutzmittel, das wir Ihnen spritzen,
den Exitus Ihres Körpers bedeuten, es wird das Ende
bedeuten, Sie werden vergiftet, obwohl Sie zu diesem
Zeitpunkt natürlich bereits gestorben sein werden: Sie
werden doppelt tot sein. Sobald Sie präpariert sind,
werden Sie in den Behälter, in den Tank gesteckt. Aufgrund der minimalen Zeitspanne, die zwischen Ihrem
Exitus und der Inhumierung liegt, bin ich voll Zuver-
sicht, dass Sie dereinst sehr hohe Chancen haben werden, von den Toten aufzuerstehen. Vielleicht werden
Sie sogar der allererste Lazarus. Kommen Sie, hat Doktor Livingston gesagt, ich zeige Ihnen jetzt den Tank,
den wir für Sie bestimmt haben.«

Wir sind an einer Tür angekommen, die Doktor Livingston geöffnet hat, und wir sind hineingegangen. »Dort
ist er!«, hat Doktor Livingston gesagt.

Ich habe mein künftiges Grab gesehen. Ein vielleicht
drei Meter hoher Tank aus Edelstahl. Ich habe meine

Hand auf den Tank gelegt. Ich habe ihn berührt. Er war kalt. Nicht überraschend.

»Was wartet dort unten auf mich?«
　　»Flüssiger Stickstoff.«
　　»Flüssig?«
　　»Eher gasförmig.«
　　»Keine Eisblöcke?«
　　»Stickstoff gefriert erst bei minus 210 Grad Celsius.«
　　»Und ich hänge dort drinnen?«
　　»Kopfüber.«
　　»Wieso?«
　　»Falls es Probleme gibt. Mit der Stickstoffversorgung.«
　　»Probleme?«
　　»Der untere Bereich bleibt immer am längsten kühl.«
　　»Probleme?«
　　»Dort sollte sich der Kopf befinden.«
　　»Welche Probleme?«
　　»Es wird keine Probleme geben. Flüssiger Stickstoff ist günstig in der Anschaffung. Wir brauchen keinen Strom zur Kühlung.«
　　»Ich baumle dort?«
　　»Sie schweben. Sie floaten.«
　　»Und ich bin nicht allein?«
　　»Niemand schwebt allein.«
　　»Wie viele warten schon auf mich im Tank?«
　　»Drei.«

Ich habe gedacht, dass es schön sein könnte und tröstlich, nach dem Tod nicht allein in einem Sarg beerdigt zu werden oder zu verbrennen, sondern in einer Gruppe den Nachtod zu begehen, mit drei anderen Körpern, die dort gemeinsam driften durch den Mantel aus flüssigem Stickstoff, die sich vielleicht, wer weiß, ab und an sogar berühren, sich vielleicht einen Kuss geben, ungewollt mit Lippen aus Porzellan. Wie schön, habe ich gedacht. Wie schön. Und wie endgültig, habe ich gedacht. Wie endgültig.

Ich habe jetzt eine Weile auf- und abgeatmet. Ich habe eine Weile die Augen geschlossen und wieder geöffnet. Ich habe eine Weile die Lider spielen lassen. Ich habe eine Weile nachgefühlt. Das Leben ist mir wie ein Reh erschienen, das entspringt. Ich, ich, ich kann es nicht fangen. So sehr ich auch hinter ihm herlaufe. Ich kann es nie fangen. Wasser, das durch Hände rinnt.

»Dann gebe ich Ihnen hiermit den Befehl«, habe ich gesagt.

»Sie müssen die Worte sprechen.«

»Ich weiß.«

»Bitte.«

Ich habe ein letztes Mal Luft geholt und gerufen: »Hiermit sage ich die offiziellen Worte. Ich befehle Ihnen, mich bei lebendigem Leibe zu kryonisieren.«

Frau Doktor Livingston hat sofort das Telefon genommen, jemanden angerufen und einen Befehl geraunt. Dann hat sie das Telefon weggesteckt und mich gebeten, ihr zu folgen. Ich habe kurz gezögert. Sie ist stehen geblieben, hat mir ihr Gesicht zugewandt, und dann hat sie gesagt: Kommen Sie, ich helfe Ihnen! Sie hat mir die

Hand gereicht. Ich habe die Hand genommen und bin aufgestanden, Cynthia dagegen hat losgelassen und mir beide Hände kurz auf die Schultern gelegt. »Denken Sie immer daran«, hat sie gesagt, »wenn Sie es heute nicht hinter sich bringen, kommt es in ein paar Wochen ohnehin auf Sie zu. Und dann vielleicht nicht so schmerzfrei, einfach, schonend.« Ich habe genickt. »Es gibt dergleichen Unternehmen«, hat Cynthia Livingston gesagt. »Die einem helfen. Beim Sterben. Betrachten Sie es genauso. Wir bieten Ihnen erheblich mehr. Wenn wir erst mal das Narkotikum gesetzt haben, merken Sie nichts mehr von der Sterbeprozedur. Wenn alles gut läuft, wird man Sie wieder ins Leben befördern. In ferner Zukunft. Aber eins gilt: Sie haben nichts zu verlieren. Sie haben nur zu gewinnen. Kommen Sie. Wir wollen uns den Raum ansehen.«

In meinem Todesraum haben zwei Männer auf uns gewartet. Der Raum ist ohne jedes Fenster gewesen. OP-Lichter haben das Bett erhellt. Am Kopfende eine Beatmungsapparatur, daneben Tische mit Besteck. Mein Blick ist auf einen Bohrer gefallen. Mit diesem Bohrer würde man drei Löcher in meinen Kopf bohren, drei Ausweglöcher für den Druck, für die Angst, für alles, was ansonsten – aus einem kopflochlosen Menschen – nicht hinauskann.

Ich habe nicht damit gerechnet, dass der anrollende Tod so wuchtig ist. Der künftige Tod als Gewissheit. Als Minutengewissheit. Der alles verdunkelnde und alles verschluckende Tod. Ich habe nicht damit gerechnet, dass eine Hoffnung so schnell wuchern kann. Auch wenn sie sinnlos ist. Ich habe nicht damit gerechnet, dass ich so schwach sein würde. Ein paar Fünkchen Licht, ein paar Krümel Zeit sind mir plötzlich erschienen wie ein Paradies. Was ich noch machen könnte in zwei Wochen! Oder gar in vier! Mit Morphiumpflastern bin ich Herr meiner Sinne. Vier mögliche Wochen sind ein ganzes Meer gegenüber diesen wenigen Minuten hier vor mir.

So habe ich gesprochen: »Nein!«
    Und: »Ich will nicht!«
    Und: »Ich habe es mir anders überlegt!«
    Doch sie haben meine Worte nicht beachtet. Ich bin schon auf der Liege gelegen, festgezurrt.

»Sie selbst haben geahnt«, hat Cynthia gesagt, »dass Sie vielleicht schwach werden könnten. Angesichts des Todesschattens. Sie haben uns gesagt, dass Ihr ursprünglicher Befehl zählt. Und wir – haben Sie den Befehl einmal ausgesprochen – auf keinen Fall aufhören sollen. Egal, was Sie sagen. So die Abmachung. Also tut es mir leid. Aber Ihr Weg ist nun gewiss. Sie können stolz sein. Sie sind kein gewöhnlicher Patient. Sie sind unser Patient Null. Der Anfang einer neuen Generation von Patienten. Unsere Hoffnung. Obwohl wir vorerst nicht mitbekommen werden, ob diese Hoffnung sich erfüllt. Sie sind etwas Besonderes. Für uns. Für sich selbst.«

Ich habe geschrien, aber nicht lange. Ich habe geweint, aber nur kurz. Cynthia hat mit verschiedenen Tüchern hantiert, zunächst hat sie mir die Stirn getupft, dann hat sie sich gesetzt und gesagt, dass man keine weitere Zeit verschwenden und mein Schicksal in Kürze besiegeln wolle. Mit einem Skalpell hat Cynthia meine Kleidung aufgeschlitzt, Anzug, Hemd, Wäsche, alles. Das Blut ist mir aus den Sinnen gewichen, ich bin unter dem Schirm des Beatmungsgerätes gelegen, und das Beatmungsgerät ist langsam auf meinen Kopf zugefahren und kurz an meine Tränen gestoßen. Frau Doktor Cynthia Livingston hat gesagt, es sind noch wenige Sekunden. Sie hat von fünf auf null gezählt, fünf, vier, drei, zwei, eins, null. Dann habe ich den Geist aufgegeben.

Der Tod hat eine Zeit lang gedauert.

Ich habe keine Erinnerungen an ihn. Ich weiß nicht, ob fünfhundert oder fünftausend Jahre vergangen sind. Ich weiß nur, dass man mich beobachtet hat, als ich aufgewacht bin. Ich bin in einem Käfig gelegen. Wie ein Gefangener. Um mich herum diese Wesen. Menschen? Schon. Aber anders. Zukunftsmenschen. Alle nackt. Mit Glatzen. Nein. Keine Glatzen. Alle trugen hautfarbene Ganzkörperanzüge. Geschlechtsorgane fehlten. Wir befanden uns in einem fensterlosen Gebäude. Es war kalt. Ich habe mich lebendig gefühlt. Ich habe mich gefragt, ob diese Menschenwesen meinen Körper schon mit der Medizin der Zukunft geheilt haben. Ich habe an meinem Körper hinabgeschaut. Ich bin nackt gewesen. Wie bei der Geburt.

Ich habe die Wesen angeschaut. Ich bin aufgestanden. Ich habe gehen können. Sie müssen meine Muskeln aufgebaut haben, noch während ich schlief. Ich habe mit ihnen geredet. Ich habe ihnen viele Fragen gestellt. Eines der Wesen ist näher getreten. Ich konnte ihm in die Augen blicken. Ein Lächeln erkannte ich nicht.

Das Wesen hat seine rechte Hand ausgestreckt. Zwischen seinen Fingern ist etwas gesprossen, ich habe sogleich an Schwimmhäute denken müssen, aber es war ein netzartiges Gewebe. Das Wesen hat sein Fingernetz dicht vor meinen Mund gehalten. Als wolle es meine Worte aus der Luft pflücken wie Blumen, Wortblumen aus Schall. Ich habe weitergeredet. Eine ganze Weile lang. Das Wesen hat am Schluss die unsichtbar im Netz zappelnden Wörter an sein Ohr gehalten und an die Ohren der übrigen Wesen, die in einer großen Traube um den Käfig gestanden sind. Alle haben genickt, als sie meine Worte gehört haben. Ich habe sie gefragt, ob sie in der Lage sind, meinen Körper zu heilen?

Endlich hat das Wesen mit mir gesprochen. In meiner Sprache. Als hätte es die Sprache gerade erst gelernt. Durchs Zuhören. Das Wesen hat klar gesprochen und überdeutlich.

Es hat mir gesagt, dass ich nur noch zwei Wochen zu leben hätte. Und dass es ein Leichtes sei, meinen Körper zu heilen.

Ich habe aufgeatmet.

Aber das Wesen hat weitergesprochen. Es hat gesagt: Dass sie alle hier das Sterben verlernt hätten. Seit Jahrhunderten. Dass sie alle hier mich beneideten. Um meine Gabe. Um die Möglichkeit des Sterbens, dieser Gnade. Dass noch nie einer von ihnen ein menschliches Wesen hätte sterben sehen. *Eines natürlichen Todes.* Dass sie hier sitzen bleiben würden, alle, zwei Wochen lang. Dass sie mir die Stirn tupfen würden. Mir die Hand halten. Mir etwas vorsingen. Mit mir reden. Dass sie alle Zeugen werden wollten, Zeugen eines Naturschauspiels, dessen Zeuge noch nie einer von ihnen geworden sei. Dass sie niemals einem Menschen diese kostbarste aller Gaben rauben würden: das Enden.

Ich habe mich fügen müssen.

In der verbleibenden Zeit werde ich mit euch reden. Ihr werdet mir alles erzählen. Aus eurer Zeit. Aus der Zukunft. Ich werde euch alles erzählen. Aus meiner Zeit. Aus der Vergangenheit. Das wird zwei Wochen dauern. Vielleicht ein bisschen mehr oder weniger. Und dann werde ich es segnen, das Zeitliche.

Inhaltsverzeichnis